Mónica Ojeda

Voladoras

Contos

TRADUÇÃO
Silvia Massimini Felix

autêntica contemporânea

Copyright © 2020 Mónica Ojeda
Direitos de tradução negociados pela Agencia Literaria CBQ
Copyright desta edição © 2023 Autêntica Contemporânea

Título original: *Las voladoras*

Todos os direitos reservados pela Autêntica Editora Ltda.
Nenhuma parte desta publicação poderá ser reproduzida,
seja por meios mecânicos, eletrônicos, seja via cópia
xerográfica, sem a autorização prévia da Editora.

EDITORAS RESPONSÁVEIS
Ana Elisa Ribeiro
Rafaela Lamas

REVISÃO
Marina Guedes

CAPA
Alles Blau

ILUSTRAÇÃO DE CAPA
Susa Monteiro

DIAGRAMAÇÃO
Waldênia Alvarenga

Dados Internacionais de Catalogação na Publicação (CIP)
(Câmara Brasileira do Livro, SP, Brasil)

Ojeda, Mónica
   Voladoras / Mónica Ojeda ; tradução Silvia Massimini Felix. -- 1. ed.
-- Belo Horizonte : Autêntica Contemporânea, 2023.

   Título original: Las voladoras

   ISBN 978-65-5928-327-9

   1. Contos equatorianos I. Título.

23-166286   CDD-E863

Índice para catálogo sistemático:
1. Contos : Literatura equatoriana   E863

Aline Graziele Benitez - Bibliotecária - CRB-1/3129

A **AUTÊNTICA CONTEMPORÂNEA** É UMA EDITORA DO **GRUPO AUTÊNTICA**

Belo Horizonte
Rua Carlos Turner, 420
Silveira . 31140-520
Belo Horizonte . MG
Tel.: (55 31) 3465 4500

São Paulo
Av. Paulista, 2.073 . Conjunto Nacional
Horsa I . Sala 309 . Bela Vista
01311-940 . São Paulo . SP
Tel.: (55 11) 3034 4468

www.grupoautentica.com.br
SAC: atendimentoleitor@grupoautentica.com.br

de todas as pegadas/ escolha a do deserto
de todos os sonhos/ o das feras
de todas as mortes/ escolha a sua própria
que será a mais breve e acontecerá em todos os lugares
　　　　　　　　　Mario Montalbetti

Olhem assim as profundas cordilheiras   os Andes   são buracos do horizonte
　　　　　　　　　Raúl Zurita

As *voladoras* 9
Sangue coagulado 17
Cabeça voadora 31
Caninos 45
Slasher 61
Soroche 81
Terremoto 101
O mundo de cima e o mundo de baixo 107

Agradecimentos 131

As *voladoras*

De vila em vila, sem Deus nem Santa Maria
"Las voladoras", relato oral de Mira, Equador

Baixar a voz? Por que eu deveria fazer isso? Se alguém murmura é porque tem medo ou se envergonha, mas eu não tenho medo. Não me envergonho. São os outros que acham que eu tenho de baixar minha voz, diminuí-la, transformá-la numa toupeira que desce, que avança para baixo quando o que eu quero é subir, sabe?, como uma nuvem. Ou um balão. Ou as *voladoras*. Você gosta de balões? Eu adoro balões, sobretudo aqueles que minha mãe amarra às árvores para espantar os animais da floresta. As *voladoras* não gostam dos balões e sempre os estouram. Fazem bum!, e com isso eu já sei que são elas. Mamãe grita muito com elas: joga sapatos na direção delas, joga garfos. Mas as *voladoras* são rápidas e desviam de tudo. Elas se esquivam dos cascos dos cavalos de meu pai. Elas se esquivam dos balidos das cabras. Já chorei muito por isso, e se não choro mais é porque tenho medo das abelhas que se prendem aos meus cílios. Se você quer que eu explique bem, olhe para mim. Em minha face está toda a verdade, a que não tem palavras, mas gestos. A que é matéria, que é ouvida e tocada. Veja, é verdade que as *voladoras* não são mulheres normais. Para começar, elas têm apenas um olho. Não é que lhes falte um, mas elas só têm um olho, como os ciclopes. Sonhei com uma *voladora* antes de que ela entrasse em nossa casa pela janela de meu quarto. Eu a vi sentada, rígida, dando de beber suas lágrimas às abelhas. Poucos sabem que as *voladoras* podem chorar, e quem sabe diz que as bruxas não choram de emoção, mas de enfermidade. A *voladora* entrou chorando com seu único olho e trouxe os zumbidos para a família. Trouxe a montanha na qual ofegam aqueles que aprenderam a se elevar de forma horrível, de braços abertos e as axilas jorrando mel. Papai não gosta de seu cheiro de vulva e sândalo, mas, quando mamãe não está, ele acaricia as costas da *voladora* e pergunta coisas que são muito difíceis de entender e repetir. Ao contrário, se mamãe estiver presente, ele tenta chutar a bruxa para que saia de casa, cospe nela, tira o cinto e bate nas portas e nas paredes como se quisesse fazê-las gemer. Em segredo, deixo as janelas abertas à noite para ouvir a prece das árvores. Eu as ouço e me embalo com elas, embora às vezes também me dê calafrios o fundo escuro de suas orações. A *voladora* tem os cabelos pretos, sabe?, como os meus e como o canto dos pássaros da montanha. Sinto-a se aconchegar entre minhas pernas durante as madrugadas e a abraço porque, como diz papai quando mamãe não o vê, um corpo precisa de outro corpo, especialmente no escuro. Aprendi a amar suas lágrimas. Você não sabe o que é amar uma pele como se fosse um cabelo, mas você vai ver: em meus sonhos, a *voladora* tem uma paisagem e uma sepultura. Tem montanhas e um morto para chorar. Nunca soube por que ela chora ou por que suas lágrimas servem de alimento para o zumbido divino. Você sabia que o som que as abelhas fazem é a vibração de Deus?

Mamãe tem medo das colmeias por causa disso. E odeia a *voladora* porque ela é uma mulher que perturba os cavalos e dá sua tristeza para as abelhas beberem. "Não é nossa", diz, suando e tocando o pescoço. "Não queremos seu silêncio." E ela olha para a mamãe com seu único olho e não fala nada. É essa falta de palavra que mais incomoda os cavalos. As cabras, por outro lado, se tranquilizam se a *voladora* chega seguida por um enxame e molha a terra com seu pranto. Não entendo por que mamãe a odeia e ao mesmo tempo a observa com as bochechas vermelhas e quentes. Não entendo por que as calças do papai ficam justas. A montanha é o verdadeiro lar das *voladoras*, uma casa que sempre nos contou coisas importantes, mas da minha é proibido se aproximar. Segundo meus pais, é um templo de sons terríveis, de ruídos de peles, unhas, bicos, caudas, chifres, línguas, ferrões... para lá vão voando as avós, mães e filhas que se perdem, mas o que mais me dá medo é o som das plantas. Aqueles estalidos verdes que chamam a *voladora* e a afastam de meus quadris. Foi meu pai quem primeiro me ensinou que Deus é tão perigoso e profundo quanto uma floresta. É por isso que nossos animais são domesticados e nunca cruzam as cercas, exceto por um ou outro cavalo enlouquecido pela divindade. Quando um cavalo enlouquece, papai diz que é porque o Deus-que-está-em-tudo desperta no coração do animal. "Se algo tão grande como Deus abre os olhos por trás de seus ossos, você se dissolve como poeira na água e deixa de existir", ele me disse. Mas a *voladora* é a floresta entrando em nossa casa, e isso nunca tinha acontecido. Nunca havíamos sentido o delírio divino tão próximo nem seu desejo. Porque no fundo, acredite, estou falando do desejo de Deus: o mistério mais absoluto da natureza. Imagine esse mistério entrando em sua casa e alargando seus quadris. Imagine as plantas suando. Imagine as veias que brotam dos cavalos. A *voladora* faz o papai manchar as calças e a mamãe fechar as pernas com muita força. Ela me faz lambuzar minhas axilas com mel e subir até o telhado para experimentar o ar. Apesar disso, nós a amamos, e o amor tem seu próprio jeito de conhecer, entendeu? Eu amo sua pelagem como se fosse um cabelo. Eu amo sua natureza. No dia em que sangrei pela primeira vez, ela desapareceu por uma semana. Mamãe fingiu estar feliz, mas de madrugada despejava leite no chão da cozinha, que depois lambia com toda a sua sede. Subia no telhado com as axilas como uma colmeia. Voava alguns metros. Caía nua na grama. Papai e eu a víamos sofrer às escondidas e, na manhã seguinte, a ouvíamos dizer: "Acho que ela se foi para sempre". Mas a *voladora* voltou e chorou sobre meus mamilos com seu único olho, e meus mamilos, grandes e escuros como as preces das árvores, despertaram. Espero que me entenda: um ser assim traz o futuro. E depois de alguns meses comecei a inchar e todos os cavalos enlouqueceram. Todas as cabras dormiram. Você tem de explicar para a congregação que foi isto que aconteceu: que papai ficava perturbado que eu dormisse com o zumbido das abelhas. Suava. Se tocava por baixo das calças. Mamãe, por outro lado, cortou o cabelo e enterrou-o aos pés da macieira mais antiga da floresta. Tem de contar-lhes que a *voladora* chora e estoura os balões e esvazia as colmeias, mas que eu amo sua pelagem como um cabelo. O que se faz quando uma família sente coisas tão diferentes e tão parecidas ao mesmo tempo? Rezo lá em cima e o olho da bruxa se retorce. As abelhas sobem. Você sabe o que o zumbido das colmeias faz com seu sangue? As lágrimas molham meu corpo à noite. Ainda durmo com a *voladora* e, às vezes, papai olha feito um cavalo em delírio para a linha irregular da cerca que separa nossa casa do promontório.

Não tenho vergonha do tamanho de meus quadris. Não baixo a voz. Não tenho medo da pelagem. Subo ao telhado com as axilas úmidas e abro os braços ao vento.

O mistério é uma prece que se impõe.

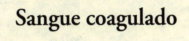

Gosto de sangue. Uma vez me perguntaram: "Desde quando, Sapinho?". E eu respondi: "Desde sempre, Réptil". Não me lembro de um único dia em que não abri meu corpo para ver o sangue jorrando como água fresca.

Água pura de jardim.

Água morna de papoula.

Lembro-me de cair de propósito quando criança. Eu tirava as crostas e as deixava nos lençóis, na banheira, no prato frio do Totó.

Tocava meu sangue. Sentia o cheiro do meu sangue.

Lembro-me da pele arrepiada. Há tantas cores que, se você juntá-las, elas parecem um arco-íris malvado e grosseiro, mas eu sou como os inuítes: vejo centenas de vermelhos quando abro uma ferida e a arranho para que minhas unhas se manchem de verdade.

Gosto de que as unhas fiquem sujas por baixo, que pareçam que vão sair. Que minhas impressões digitais sejam notadas. Que entardeça e as nuvens se enferrujem.

Às vezes eu conto os tons e me perco com tanto número longo, tanto número feio. Também tentei nomeá-los na minha cabeça:

vermelho escara

vermelho terreno

vermelho agulha

vermelho raspão.

Mas aí eu esqueço os nomes e tenho que inventar outros:

vermelho canoa
vermelho fígado
vermelho pulga.

Lembro-me de tudo. Por exemplo, minha pele arrepiada e a cabeça da galinha rodando em círculos junto aos pés da vovó. São duas coisas diferentes, mas iguais: minha pele eriçada, a cabeça caída desenhando a forma de um ventre inchado. Uma redondeza perfeita, como Deus.

"O tempo é uma circunferência", dizia a vovó.

Ela era gorda e beijava os animais antes de decapitá-los ou degolá-los.

Beijava-os no cangote.
Beijava-os nos cascos.

A cabeça deles caía rolando no mesmo eixo como um pião ou em espiral, como a concha de um caracol.

Geometria divina.

Às vezes, beijo o sangue dos animais e meus lábios ficam pesados, urgentes. Permaneço assim até o sangue secar e se tornar vermelho-escuro.

Vermelho cabelo de árvore.
Vermelho cabeça de montanha.

Também beijo meu sangue, mas menos, porque tenho vergonha. É um gesto íntimo, como quando fecho a porta, me olho no espelho e me bato.

As batidas são bonitas:

os hematomas
as feridas
as contusões.

São semelhantes ao interior de uma caverna, às pedras que eu coleto do rio e ponho embaixo do meu travesseiro para ouvir a torrente. Funciona, mesmo que a mami diga: "Não seja estúpida, sua tonta!".

Segundo a mami, maluca eu já sou, mas não estúpida. Segundo a mami, ainda posso me salvar da estupidez.

Quando eu tinha dez anos, ela me deixou com a vovó para que eu aprendesse as coisas. Agora estou aqui com os caracóis, os mosquitos e as cobras. Com os sapos, os cavalos e as cabras. Lavo a louça, varro o chão, cuido dos animais, esfrego as costas da vovó com uma pedra cinza, penteio seus cabelos brancos, corto-lhe as unhas das mãos e dos pés, seco as plantas e as ervas, ajudo a cozinhar os remédios que adoecem as meninas, canto uma música inventada à noite que diz: "Ai, ai, ai, as meninas choram, os sapos pulam, os pintinhos piam, pio, pio, as vacas mugem, muuu, os homens ofegam, arf, arf, arf, as corujas ululam, uuu, uuu, as meninas choram, ai, ai, ai".

A vovó diz que eu tenho uma voz de cincerro, voz de leitão triste. Ela diz que a mami me abandonou e não vai mais voltar. "Ela foi embora porque você tem o cérebro redondo", explicou. "E suas ideias são atropeladas."

Gosto que os animais desenhem meu cérebro na grama fresca: um órgão brilhante e belo, como Deus, oculto nas formas interiores. Tem gente que não entende. Por exemplo, a mami nunca degolou uma vaca, nunca abriu a barriga de um porco. Ela não sabe que as cabeças rolam em círculos e soltam sangue vermelho músculo.

Sangue vermelho argila.

Sangue vermelho vinho.

Por outro lado, o Totó uma vez arrancou a cabeça de um gato. Acho que era por isso que ele fazia xixi nos tapetes, na banheira, no sofá. A mami não gostava de limpar nada disso. "Uau, uau", dizia ela, e mergulhava a velha casa num amarelo enxofre. Então eu esfregava o chão com as mãos até que minha pele caía em lâminas diminutas. Então eu me sentava e contava os pedaços da minha pele morta: três, quatro, sete, dez, quinze, vinte... e me perdia com tanto número longo, tanto número horrível.

Às vezes eu me corto, e isso é errado. Isso é doentio. Na primeira vez que fiz isso, minhas bochechas incharam e eu molhei a calcinha. Cortar-se é difícil, cair dói muito, mas quando minha carne se abre, vejo água de coração e tremo. Sei que o líquido que brota de mim é sujo e transparente. Sei que isso faz com que eu me esfregue onde não devo e que cresce quando faço cortes nas pernas e nos pés.

Há algum tempo, vi um filme de vampiros com a mami e me senti vampiro, só que eu gosto do sol.

Gosto das plantas, de chocolate, dos cavalos, das escadas de degraus largos, do Totó, das banheiras limpas, dos olhos brancos dos cordeiros, do cheiro de cocô de vaca. Gosto do rio e do vermelho enferrujado da coagulação da terra. Gosto de Réptil, apesar de não poder mais falar com ele. Eu gosto da mami, mas, desde que ela viu meus cortes, me mandou para o brejo. Sei que ela contou mentiras para a vovó: que eu roubo absorventes usados do lixo. Que eu canto músicas estranhas em noites de lua cheia. Que eu corto meus pelos pubianos. Que aprendi a ser bruxa: que a culpa é da vovó que eu cheire a sangue e a genitais.

Quando eu ia para a escola, as outras meninas também gritavam comigo: você cheira a calcinha, diziam. Mas elas não sabem realmente qual é esse cheiro.

Cheiro de cabras no cio.

Cheiro de parto.

É verdade que se pode comer sangue. Quando coagula, deixa de ser líquido e passa a ser alimento. Conheço a beleza dos coágulos como criancinhas penduradas na pelagem das cabras. Eu os toco e sorrio porque são meus bebês. A mami não suporta que eu fale da forma do sangue. Ela tem medo do brejo e tem medo da vovó. Não tenho medo da pele arrepiada, da cabeça da galinha. Não temo o pescoço da vaca, nem os intestinos do porco, nem as cabras que choram e gritam à noite molhando a terra com seu leite solitário. Nada que vem de dentro dos animais me assusta, porque esse interior de ossos e artérias se parece com o meu.

"Lá dentro temos a espessura da morte como uma árvore", dizia a vovó quando estava forte e gorda e afiava seu facão na frente dos leitões. Ela se balançava entre eles com seu avental de açougueira sempre sujo. Cheirava a cebola. Cheirava a cartilagem. Durante o dia, conversava com os animais e os beijava com ternura grosseira na cabeça antes de degolá-los ou decapitá-los. À noite, ela me beijava no cangote e era um beijo tão rápido que eu mal sentia.

"Vovó, você me beija igualzinho beija os animais", eu disse uma vez, e ela sorriu para mim.

Morte grená.

Morte escarlate.

Morte vermelhão.

Morte carmesim.

Não sei por que as pessoas acham que a morte é preta. Carregamos rios vermelhos e um arvoredo que estala se for rompido, mas tudo está escondido sob a pele de galinha, cacarejando. Você tem que abrir o corpo para ver a beleza do sangue: matar, devolver à terra o tamanho da raiz sanguínea. Se você cortar o pescoço de uma vaca, ela grita e seus olhos ficam brancos enquanto ela cai e chuta o vento. Você vê o vermelho como uma torrente, como um rio sem pedras saindo de sua ferida. Você deixa a beleza brotar porque a morte dura um instante e depois vai embora, e o que resta é o morto, e os mortos são feios.

A mami não entende a diferença.

Ela também não entende o que fazemos com as meninas.

No início, pensei que vinham para que lhes tirássemos os maus ventos da montanha. Que chegavam tristes por causa dos transtornos, doentes, com os cabelos sujos e o olhar mal flutuando sobre a montanha. A vovó sempre as tratava bem. Acariciava a cabeça delas e preparava um remédio para que vomitassem antes de enfiar a mão no ventre delas.

Vi Réptil fazer quase o mesmo com alguns animais na fazenda.

Extraía potros.

Extraía bezerros.

Mas com as meninas era diferente, porque elas lançavam coágulos e pedaços densos sobre a cama. Era como um parto, mas ao contrário, porque em vez de sair algo vivo, saía algo morto. "A morte também nasce", dizia a vovó, e eu pegava os coágulos como crianças pequenas. Algumas meninas nos olhavam feio, se limpavam rápido e nem sequer se detinham para olhar seu interior sobre os lençóis. Não tinham curiosidade alguma, nenhuma vontade de se conhecer. Saíam rapidamente, deixando parte de seus corpos conosco. Segundo Réptil, era porque do outro lado do rio diziam que a vovó era uma bruxa.

Que sua cabeça sobrevoava os telhados à noite.

Que punha sangue coagulado embaixo da cama dos que estavam dormindo.

Lembro-me da primeira vez que me caiu um coágulo do meio das pernas. Estava no curral, com as galinhas.

Segurei-o nas mãos e o encarei por horas: parecia um ovo quebrado, cru, recém-saído de um lugar quente e com plumas. Fiquei feliz que meu ventre me desse aquele presente, que eu não precisava mais cair, me cortar ou me bater todos os dias para desfrutar do meu próprio sangue.

Se você é mulher, pode sentar-se nas pedras e manchá-las.

Réptil brincou comigo no primeiro dia em que me viu manchar a natureza.

Ele cuidava dos cavalos, das vacas, dos porcos, das cabras. Em troca, a vovó o alimentava e lhe dava suculentos pedaços de carne. Seus braços tinham manchas e sua barriga era peluda como a de um urso. Faltava-lhe um olho, o direito. Eu lhe dizia: "Olha como eu mancho, você viu? Já sou grande". E ele respondia: "Mentira, Sapinho, você é pequena".

Ele me chamava de Sapinho porque eu passava o dia pulando.

Eu o chamava de Réptil porque ele tinha a pele escamosa.

Juntos, pegávamos minhocas e víamos o sangue escorrer pelas minhas coxas. Ele me abraçava, falava da filha dele e de como era difícil ser pai de uma menina bonita. Eu lhe contava que nunca tinha conhecido o meu, mas que um dia eu perguntaria para a mami, que um dia eu saberia como era. Aí ele me dizia: "Pobre Sapinho que não tem pai", e me dava beijos diferentes dos da vovó. Beijos viscosos com mau hálito.

Naquela época, Réptil fazia muito por nós. Ajudava os animais a parirem. Espalhava o fertilizante. Alimentava os porcos. Tirava carrapatos do gado e os esmagava com as unhas contra a cerca. Mantinha longe as crianças que atravessavam o rio para nos insultar. Comia com a gente e nunca perguntava sobre as meninas. Na frente da vovó ele mal falava comigo, mas às vezes, se estivéssemos sozinhos, ele me pedia para contar sobre o Totó, e eu chorava porque sentia muita falta dele e no sítio não tínhamos cachorro. Em outros momentos, ele me dava algo amargo para beber que me fazia dormir nos arbustos. Quando acordava, chegava em casa cansada e com dor entre as pernas, mas fingia estar bem para a vovó não ficar brava.

"Vá trabalhar!", ela exigia se me visse ociosa.

Parei de ir à escola porque a professora gritou que só dava aulas a meninas normais. Mami gritou de volta: "Sua puta asquerosa!". E depois para mim: "Você vai com a vovó para aprender o básico!".

Respirar pelo nariz.
Contar até cem.

Aqui eu aprendi que se você pingar duas gotas de leite de cabra no olho você cura a infecção. Que água de cobra envenena e água de cavalo cura. Que um leitão pode nascer sem romper a placenta, protegido no âmbar morno da sua mãe, e que segurá-lo nas mãos é como segurar um balão cheio de xixi. Que as vacas choram. Que os mosquitos nunca picam a vovó porque ela tem a pele dura como a de uma iguana. Que os genitais doem. Que as pessoas sabem pensar e eu não, porque tenho o cérebro redondo. Que o tempo é como o sol que se repete todos os dias e se enferma todas as noites.

Que os homens ofegam: arf, arf, arf.
Que as meninas choram: ai, ai, ai.

Uma vez uma menina veio com sua mami, soltou sangue e coágulos na minha bacia e cuspiu na cara da vovó. Isso me deixou muito irritada. Isso me deixou com raiva. Eu queria beijá-las no pescoço e cortar a cabeça delas, mas a vovó não deixou eu me vingar. Dentro da bacia havia coágulos e restos muito vermelhos, do tamanho de um dente de alho. Ao tocá-los, comecei a suar. Às vezes eu suo, mesmo que não faça calor. Quando foram embora, perguntei à vovó: "Por que as ajudamos se elas são ruins?". E ela disse: "Aqui somos assim, filhinha".

Lembro-me também de que uma noite alguém nos deixou um bebê no celeiro e os porcos o comeram. De manhã, encontramos os pedacinhos dele e eu tive que limpar tudo sozinha porque a vovó ficou muito brava. Então pensei que, se um dia comêssemos os porcos, estaríamos inadvertidamente comendo o bebê morto.

"A vida come a vida", dizia Réptil, derramando seu hálito em legumes rançosos. "A fome é violenta."

Meus genitais sangravam na vegetação escura e a cor era vermelho bebê, vermelho arrebol. Minha menstruação, por outro lado, é vermelho lava, vermelho raposa. Eu sei a diferença. Sei que as criaturas nascem e morrem e que algumas nem nascem, por isso não podem morrer. As meninas entendem isso, nós entendemos: sabemos distinguir o golpe da biologia. A morte vem do nosso ventre porque o que herdamos é sangue. E, segundo a vovó, alguém tem que enfiar a mão com cuidado ali onde dói. Alguém tem que acariciar a ferida. É por isso que ela mete a mão no fundo das meninas e me ensina a acariciar bem. Sua cama cheira a fetos e umbigos sujos, mas ninguém se importa. Descansamos todas na cama da vovó, fechamos os olhos, abrimos as pernas. Respiramos devagar nas alturas.

"Cuidado com o que você aprende", me advertiu a mãe da menina da cuspida.

Sei que há coisas das quais se deve proteger neste mundo, mas não da vovó que trança o cabelo para afastá-lo da comida. Antes ela passeava pela montanha com o facão no cinto, agora vai encurvada e ligeira para o interior da casa, pronta para rezar com os joelhos nus. Ao seu lado, aprendi a temer o olho de cobiça dos homens, a parecer maior do que sou, a imitar a rotina dela e torná-la minha, a ouvir o rio no meu travesseiro, a comer os coágulos que pendem da pelagem dos animais, a caminhar sobre meus pensamentos sem vergonha, a não escutar as palavras duras das mulheres, a ferver girinos, a decapitar aves, a degolar vacas.

"Esta é a única coisa que eu posso te ensinar", ela me disse num dia triste, em que as crianças entraram no galinheiro e quebraram os ovos que estavam prestes a eclodir. "Só posso te ensinar o que eu sei." Não conseguimos fazer nada. As penas das galinhas grudaram nos nossos cabelos e eu pisei nas cascas como lagartas brancas sobre a terra. Cloc, cloc, cloc, as mães cacarejavam pulando loucamente de um lado para o outro. Ninguém sabe, mas um pintinho que parecia sonhar sussurrou para mim que morrer é como se enterrar em si mesmo, algo privado e secreto, tal como isso que minhas calcinhas cobrem. Então perguntei: "Um ovo pode estourar dentro de uma galinha?". E ele não soube o que me responder.

Por causa daquele pintinho, houve noites em que sonhei que a cabeça da vovó estava se desprendendo. Era uma cabeça gentil e tranquila, como a das galinhas, e voava em círculos.

Geometria divina.

Também houve noites em que me perguntei coisas. Por exemplo, por que o vermelho decapitação e o vermelho degolação são tão diferentes. Ou por que Deus faz um círculo com as cabeças dos animais que matamos no sítio. Ou por que quando minha barriga ficou um pouco redonda a vovó me despiu e me fez botar a língua para fora até que eu ficasse com enjoo.

Ou por que ela olhou por muito tempo entre minhas coxas rangendo os dentes.

Ou por que chorou.

"Me perdoa, filhinha", disse lentamente, e eu fiquei com pena do seu choro de morcego, seu choro de ratinha. Abracei suas pernas peludas com cobras e lhe pedi um cachorro bonito parecido com o Totó.

Ela concordou.

Dois dias depois, comemos com Réptil. Lembro-me da sua língua engordando como um pardal, do sangue roxo sobre a mesa, das veias do seu pescoço do tamanho de vermes frios, do facão limpo e brilhante cortando o vento. Lembro-me de cantar bem alto enquanto a vovó o observava se contorcer. Eu cantei: "Ai, ai, ai, as meninas choram, os sapos pulam, os pintinhos piam, pio, pio, as vacas mugem, muuu, os homens ofegam, arf, arf, arf, as corujas ululam, uuu, uuu, as meninas choram, ai, ai, ai". Lembro-me de que o enterramos entre os arbustos.

Um homem sangra como um porco e sua cabeça rola na mesma direção que as das galinhas. As pessoas não sabem, mas é assim: o sangue nunca fica quieto.

Logo depois, a vovó começou a emagrecer até secar como um galho. Meus quadris ficaram mais robustos. Ninguém me disse que crescer doeria tanto abaixo do umbigo nem que a água do ventre é um pântano em que nada se move. Por causa dessas verdades, aprendi a aturar insultos, a semear, a não sentir falta da mami, a meter a mão nas meninas, a contar coisas para as plantas, a matar e a gostar do que mato. Também aprendi a contar até cem, mas às vezes esqueço.

Aprendi que o sangue de galinha é um tipo de vermelho.

Também que há vermelho porco, vermelho vaca e vermelho cabrito.

Aprendi a defender a vovó quando os meninos chegam. Uma vez atiraram pedras nela e cortaram sua testa. Eu nunca tinha visto seu sangue: era vermelho martelo, vermelho clamor. Eu a vi cair e por um momento pensei que sua cabeça se descolaria do corpo.

Que rolaria para o mato.

Que desenharia Deus na terra.

Fiquei arrepiada.

Desde aquele dia, carrego pedras nos bolsos. Sento-me sobre elas e mancho-as para que os invasores se assustem, embora nem sempre consiga espantá-los. Eles cruzam o rio, sobem e matam alguns dos nossos animais. "Suas bruxas de merda!", gritam para nós. "Tirem o sangue coagulado da nossa casa!" Mas as meninas nunca param de vir até o sítio, e os coágulos são delas.

Vermelho cereja.

Vermelho mirtilo.

Gosto do sangue porque é sincero. Antes lavávamos os lençóis das meninas no rio e a água ficava da cor dos peixes. Contava a verdade, a beleza. Eu tinha treze anos quando lavei o meu, cheio do meu interior de peixinhos mornos.

Agora limpo os lençóis sozinha.

Escuto a torrente.

O sangue também me disse que uma cabeça cortada desenha o tempo. Que onde uma planta esteve, amanhã crescerá outra. Que a vovó se faz pequena para que eu me torne grande. Ela não anda mais, não fala mais, mas às vezes grita alto como as cabras na noite anterior à degola. Eu a escuto e nos defendo dos invasores com pedras. Cresço forte no seu lugar porque, além de ser sincero, o sangue é justo.

O sangue diz o futuro, e minha cabeça vai cair.

Cabeça voadora

Disseram-lhe para não ver o noticiário, para evitar abrir os jornais. Recomendaram que não entrasse nas redes sociais e, se possível, ficasse em casa por pelo menos uma semana, mas mesmo assim ela saiu. E na esquina foi abordada por três homens com gel no cabelo que lhe perguntaram coisas absurdas, coisas que pareciam de mau gosto e à beira do grito. Colaram-se ao seu corpo. Salivaram. Angustiada, ela caminhou rápido para escapar da umidade daquelas vozes, dos gravadores, dos sapatos gastos e tropeçou no próprio pé. Ninguém a ajudou, mas continuaram a lançar perguntas sem sentido, algumas até cruéis, aproximando agressivamente os dentes do rosto dela.

No meio da confusão, sentiu uma vontade imensa de vomitar.

Vomitou e saiu correndo.

Naquela manhã, não foi ao campus universitário, mas ao parque. Pensou que, ao contrário do que diziam seus colegas, respirar ar puro lhe faria bem: olhar para outra paisagem, ver cães de diferentes tamanhos se esfregando na terra e fazendo xixi nas árvores como se o mundo fosse um lugar simples. Então, ela entrou no parque do bairro, o mesmo em que Guadalupe costumava andar de patins todas as quartas-feiras, e quase apreciou os latidos e os pássaros, os insetos e as estátuas. Quase esqueceu a irritação no pescoço, as unhas roídas. O dia pareceu-lhe brilhante, embora de uma forma perturbadora: a luz tinha uma tonalidade esbranquiçada, a cor de um osso limpo, e as pessoas não falavam umas com as outras, embora sorrissem demoradamente nos jardins. Mais à frente, nos limites do bosque, um grupo de crianças jogava bola. Então suas mãos começaram a tremer, e os tremores a lembraram que o mundo era um lugar horrível para abandonar o corpo.

Haviam se passado apenas quatro dias desde o episódio com a cabeça.

Na universidade, deram-lhe um afastamento contra sua vontade. Segundo o reitor, era imprescindível que ela tivesse tempo para descansar. *Como se tal coisa fosse possível*, pensou. Como se fosse possível dormir, comer, respirar, tomar banho ou escovar os dentes. Havia momentos em que ela nem se sentia capaz de tirar os membros da cama e pensava nos de Guadalupe: no lugar perdido da terra onde eles estariam, sozinhos, como frutas se desmanchando no meio da noite. Talvez nem tivessem sido enterrados na cidade, concluía às vezes, mordendo a língua. Talvez seus braços estivessem no campo e suas pernas no sopé do Tungurahua ou do Cotopaxi. Na madrugada anterior, ela havia sonhado com o torso moreno e miúdo de Guadalupe dançando no meio da selva, contorcendo-se, expondo as costelas e os seios pequenos. Era um torso flutuante que brilhava como um vaga-lume, subindo em direção aos galhos altos de uma árvore de sangue.

A polícia lhe contou quando a levaram para depor: não encontraram o corpo de Guadalupe, apenas sua cabeça. *Mas a cabeça fui eu que encontrei*, ela pensou com raiva. A polícia não tinha feito nada.

Para voltar, ela precisou fugir dos jornalistas – "O que você sentiu ao ver a cabeça da menina?", "Quão próxima ela era dos vizinhos?", "Você conhecia o dr. Gutierrez?", "Ele era um homem agressivo?", "Como você descreveria a relação entre o médico e a filha dele?", "Você vai mudar de bairro?" – e quando fechou a porta notou, pela primeira vez em dias, as roupas jogadas no sofá, os pratos sujos, os papéis no chão. Os pesadelos iam e vinham se ela conseguia dormir, mas na maior parte do tempo sentia-se ansiosa, incapaz de manter os olhos fechados. Mais de uma noite, ela acabou sentada no quintal de sua casa, olhando para o muro que dava para o jardim do dr. Gutierrez. Não é que ela quisesse fazer isso, mas não podia evitar. Sua mente voltava àquele muro na manhã de segunda-feira: ao som plástico e seco contra os tijolos que ela estava escutando havia horas e que pensava ser o quicar de uma bola.

Ficava surpresa com o fato de as pessoas do bairro continuarem vivendo normalmente. Havia repórteres nas ruas, e na televisão não se falava de outra coisa senão do dr. Gutierrez e da filha dele, mas ainda assim as crianças brincavam alegremente nas calçadas, o sorveteiro sorria, as avós conversavam ao sol, os adolescentes pedalavam suas bicicletas, os pais e mães voltavam na mesma hora de sempre, jantavam e apagavam as luzes. Ela, por outro lado, não conseguia retomar sua rotina. O cotidiano lhe parecia um animal morto e impossível de ser ressuscitado. Por isso, logo desobedeceu aos conselhos dos amigos: ligou a televisão, abriu o jornal, entrou nas redes sociais. Lá, as pessoas falavam sobre a brutal decapitação de uma garota de dezessete anos, de como o pai dela, um homem de sessenta anos e renomado oncologista, a havia matado. Falavam de feminicídios nas classes média e alta, mas, sobretudo, da forma como o crime foi descoberto: de como o dr. Gutiérrez enrolou a cabeça da filha com plástico e fita adesiva; de que ficou, como apurado pela perícia, jogando bola com ela por quatro dias no quintal de sua casa; da pobre vizinha que acordou em uma segunda-feira ouvindo os golpes contra o muro de seu jardim; de um chute fortuito que fez voar a cabeça de Guadalupe Gutiérrez em direção à casa ao lado; da vizinha que pegou o embrulho e imediatamente entendeu; do cheiro; do desmaio; da chegada da polícia; do modo como o médico se entregou, sem resistência, tomando uma xícara de chá.

Passou a mão pelo pescoço, quase beliscando-o, lembrando-se do rosto acinzentado do vizinho caminhando em direção ao carro-patrulha.

Naquela tarde, ela conseguiu dormir e sonhou com o crânio perfeito de Guadalupe voando pelo bairro, mastigando o ar, descansando entre as flores. Nunca havia trocado mais do que duas ou três palavras com ela. Nunca se interessou em saber nada sobre a vida dela. Via-a muito pouco e sempre nas mesmas ocasiões: com seu uniforme de escola particular descendo do ônibus ou patinando até o parque. Era uma garota como outra qualquer. Tinha longos cabelos pretos, cabelos abundantes que saíam em mechas do invólucro em que o pai a enfiou. Nunca os ouviu discutir ou se tratarem mal. Certa vez, inclusive, ela chegou a ver o médico beijar a testa da filha antes de ela entrar no ônibus escolar.

Se ela se lembrava dessas coisas, ficava enjoada.

Pouco depois, fotos dos Gutiérrez vazaram nas redes sociais. Ninguém soube quem foi a pessoa ou as pessoas que fizeram isso, mas o povo as compartilhou massivamente e ela achou horrível a exposição da vida de alguém que não podia mais se defender, a forma como, sob a hashtag #justiçaparalupe, os outros retuítavam imagens privadas, mensagens pessoais que a filha do médico havia enviado para seus amigos, informações sobre seus gostos e hobbies. Havia algo de tétrico e sujo naquela preocupação popular que se comprazia no mal, com a fome pelos detalhes mais sórdidos. As pessoas queriam saber o que um pai era capaz de fazer com a filha, não por indignação, mas por curiosidade. Sentiam prazer em invadir o mundo íntimo de uma garota morta.

Se fechasse os olhos, via a cabeça voar para dentro de seu quintal e dar dois rebotes no chão. Era uma visão, e não uma lembrança, porque a cabeça era do tamanho de uma semente de abacate; e então ela a enterrava, depois a regava e a via se transformar numa árvore com cabelos pretos que pareciam balanços.

Seis dias depois da prisão do médico, começou a ouvir barulhos vindos da casa vazia da família Gutiérrez. Eram passos e murmúrios, sons de objetos se movendo, portas se abrindo e fechando. A casa havia sido lacrada, e os únicos autorizados a entrar eram os policiais encarregados do caso, mas os barulhos chegavam na madrugada e duravam até pouco antes do amanhecer. No início, o medo a fez se refugiar no quarto, fechar as cortinas e tapar as orelhas. Imaginou o corpo decapitado de Guadalupe procurando a própria cabeça nos cantos da sala, apalpando tudo como o cadáver cego que era, e entrou em pânico. Uma vez a filha do médico bateu à sua porta. Disse: "Oi, tudo bem? Você teria um pouco de açúcar para me dar?". Esquecera-se daquele encontro, mas lembrou-se dele quando ouviu a vida ao lado. Lembrou-se de que Guadalupe entrou na sala enquanto ela despejava um punhado de açúcar num guardanapo. Não se lembrava de ter começado uma conversa, mas tinha certeza de que a menina parecia feliz. Lembrou-se de que, quando lhe entregou o açúcar, viu um hematoma em seu braço e não lhe perguntou sobre a origem do golpe. Lembrou-se também de Guadalupe pedindo para usar o banheiro, e ela dizendo que não podia, que tinha de sair. "Desculpe, estou atrasada para a faculdade", disse a ela. Lembrou que se sentiu chateada com o pedido da menina, por estar fazendo-a perder tempo.

Enterrou o rosto no travesseiro. *Talvez estivesse tentando se afastar do pai por um momento*, pensou. *E eu nem lhe permiti isso.*

Ultimamente a culpa a fazia dizer coisas assim, principalmente à noite. Mas o pior era quando transpirava e quase podia sentir o toque da cabeça podre enrolada em plástico entre as mãos. Ela se perguntava por que a pegara do chão naquela manhã, por que a levantara se já sabia, desde o momento em que pôs os pés no quintal, o que realmente era.

Quanta força é necessária para arrancar a cabeça de uma pessoa?, ela se perguntava às vezes, com vergonha, olhando para si mesma no espelho. *Quanto desejo? Quanto ódio?*

Os barulhos continuaram a trancá-la em seu quarto até que uma noite, da janela do segundo andar, ela conseguiu ver o jardim da casa dos Gutiérrez. Toda a terra estava remexida, as plantas arrancadas e, no centro, sete mulheres permaneciam sentadas em círculo. Seu primeiro pensamento foi chamar a polícia, mas tinha pouca vontade de ser interrogada, de ouvir as patrulhas, de descrever dezenas de vezes o que tinha visto ou não, o que tinha escutado ou não. Queria voltar a dormir tranquila: regressar à universidade, deixar de lado as palpitações e as erupções cutâneas, sossegar a árvore das cabeças, que crescia desgovernada em seu tórax. Mas, desde que viu aquelas mulheres, não conseguia parar de pensar nelas. Nas manhãs seguintes, espiou-as e ouviu-as cantar, murmurar orações ininteligíveis, perambular entre a grama e a casa. Notou que tinham idades distintas: algumas vinte, outras quarenta, outras sessenta ou setenta ou oitenta. Ela as observou realizar rituais estranhos, de mãos dadas e passando os dedos ao redor do pescoço por horas. Elas se vestiam de branco e usavam os cabelos soltos abaixo da linha da cintura. Ela não sabia como conseguiram entrar, mas criou o hábito de ficar acordada e espiá-las. Às vezes, fazia isso da janela do segundo andar; outras, do muro frio do quintal em que colava o ouvido quando as orações e os cânticos das mulheres mal ultrapassavam o murmúrio. Começou a encontrar características próprias do grupo de intrusas. Notou, por exemplo, que enterravam arruda na terra revolvida. Que em seus cânticos e orações repetiam palavras como "fogo", "espírito", "floresta", "montanha". Que trançavam os cabelos umas das outras. Que, quando punham as mãos no pescoço por um tempo, apertavam e deixavam marcas azuis na pele. Que corriam para dentro da casa e batiam as portas. Que cuspiam no peito. Que dançavam fazendo círculos no ar com a cabeça.

Sentia, em igual medida, repulsa e atração por essas atividades noturnas. Também remorso pelo que havia em seu interior que a obrigava a esconder aquilo da polícia, de seus vizinhos ou de qualquer pessoa que pudesse detê-lo. Remorso porque, de vez em quando, olhava com estranho e imprevisto prazer a fotografia que tirou da cabeça de Guadalupe pouco antes da chegada da polícia.

Repulsa e atração: reconhecimento do alheio em si mesma crescendo como um ventre cheio de víboras.

Os barulhos na casa dos Gutiérrez eram distintos entre si. Algumas noites as mulheres soavam como meninas brincando, outras como coros de igreja, mas sempre cantavam ou rezavam aos sussurros. O som de suas vozes era apenas um formigamento no vento que se elevava. Do jardim, ela podia ouvi-las deslizando para dentro da casa, rastejando pela sala, subindo para o segundo andar como uma matilha, dançando perto das paredes, batendo contra os cantos, pulando até a exaustão nos quartos. E, quando a experiência de espiá-las se tornava mais intensa, não só as ouvia, mas as sentia. Então uma força a impelia a imitar seus movimentos espasmódicos, seus giros, sua maneira de borrar as fronteiras do espaço com uma dança festiva e delirante.

Sua própria casa começou a parecer uma casca de tangerina, um casco de tartaruga, uma noz. Uma arquitetura orgânica que se comunicava com a dos Gutiérrez. Ela quase podia sentir o fluxo de sangue compartilhado, o chiar dos pulmões. Já não dormia nem comia, mas pensava muito e ansiava pela escuridão, pelos murmúrios, pelas danças. As mulheres faziam-na esquecer da cabeça de Guadalupe, do desconforto do próprio corpo, da sensação de sufocamento. Sabia que estava errado, que tudo indicava que deveria sentir desprezo por elas; no entanto, aquela loucura exaltada lhe permitia lembrar-se de Guadalupe viva, lembrar-se da tarde em que a viu patinando com as pernas manchadas de terra, ou da vez que a encontrou abraçando uma de suas amigas, ou quando a viu descer de uma moto com um vestido brilhante e seus olhos se encontraram com os dela – negros, encharcados de emoção –, e, por um breve momento, ela pensou que via a si mesma há vinte anos, suada, alegre, ignorante do quanto um corpo recém-aberto ao prazer poderia chegar a sofrer.

No jardim vizinho, as mulheres pressionavam o pescoço como se quisessem fazê-lo desaparecer. Ela começou a chamá-las de Umas, pois era assim que elas chamavam as cabeças que deixavam seus corpos quando o sol se punha.

Quanta força é necessária para levantar uma cabeça do chão?, ela se perguntava com a carga ainda em suas mãos. *Quanto amor? Quanto egoísmo?*

Certa noite, a campainha tocou como um raio, fazendo-a cair de joelhos. Ela caminhou, descalça e trêmula, em direção à porta, que de longe parecia o tronco de uma sequoia. Sua mente, numa espécie de premonição, intuiu a única coisa que poderia ser verdadeira. Respirou fundo e, na escuridão, o corpo ditou o futuro: uma mulher de cabelos longos e grisalhos, vestida de branco, com uma arruda na mão cheia de terra.

Olhos castanhos e jovens.
Pés descalços como os dela.

Não se atreveu a confirmar: agachou-se na mesa de jantar como um animal que vieram caçar e esperou que a sombra desaparecesse. A campainha tocou mais duas vezes e depois o silêncio, mas enquanto isso imaginou as cabeças das Umas voando como um enxame de abelhas, quebrando o vidro e mordendo-a furiosamente até que ela restasse desfeita no chão. E teve medo.

Acordou com o pescoço cheio de marcas e as unhas vermelhas.

Certa vez, conversou com seus alunos sobre os cefalóforos: personagens que apareciam em mitos e pinturas segurando a própria cabeça. Naquela tarde, pensou neles e se as Umas sustentariam a própria cabeça com a mesma paz, com a mesma fortaleza. Ela se perguntou se esse não era um estado superior ao qual aspirar: aprender a ser uma cabeça quando o corpo pesava demais, libertar-se da extensão sensível onde respiravam o frio e o ardor, a tristeza e o abandono. Lembrou-se também daquela época em que se masturbou imaginando Guadalupe calçando os patins, muito antes de seu assassinato, quando a filha do médico tinha quinze anos e ela vinte e seis. Ao terminar, sentiu-se suja por ter fantasiado com uma menor, mas tentou desculpar-se dizendo a si mesma que havia uma distância entre os desejos e a realidade, uma lacuna líquida e mutável que a salvava todos os dias de ser quem era.

Quanta força é necessária para levantar uma cabeça viva do chão?, se perguntou naquela noite. *A mesma que se usa para levantar uma flor, um elefante, um oceano?*

Às três da manhã, a campainha tocou de novo, mas dessa vez ela não se escondeu. Ficou parada no lugar com os olhos fixos na sombra e depois avançou rápido, como as Umas no jardim dos Gutiérrez: quase levitando, com os pés à beira da ausência de gravidade. Abriu a porta e, do outro lado da soleira, a mulher a cumprimentou com um sussurro. Ela, em contrapartida, não soube responder, mas se perguntou por que sempre gostava de comprovar o que no fundo já sabia: por que não era inteligente, fechava a porta e fugia do que estava por vir.

– Você não precisa de sapatos – murmurou a Uma antes de voltar para a rua.

Por alguns segundos que não significaram nada, ela considerou a possibilidade de se proteger da verdade. Mas depois saiu atrás da mulher, direto para a noite. Juntas, deram a volta na casa dos Gutiérrez, passaram por uma vala e pularam um muro até caírem no mesmo lugar onde uma cabeça havia rolado durante dias. Lá, as Umas permaneciam concentradas e não vacilaram diante de sua presença. Agora ela era a intrusa, mas não a trataram como tal.

Uma mulher com os seios banhados em saliva pegou sua mão. Adolescentes, adultas e idosas, ecos distintos umas das outras, rezavam, cantavam, cuspiam e corriam agitando os cabelos no ar, apertando o pescoço até caírem sorridentes na grama.

– Coma – sussurraram em seu ouvido enquanto lhe davam para mastigar uma erva que feriu suas gengivas.

O amargor do que mastigava instalou-se no paladar, mas, pouco a pouco, o sabor foi tornando-se doce e espesso, e entregou-lhe uma última imagem de Guadalupe descendo do ônibus, cantarolando uma canção da moda, com um cartão pintado à mão para o Dia dos Pais. Seus cadarços estavam soltos, os cabelos emaranhados, a blusa manchada de vermelho. Mesmo a metros de distância, podia sentir o cheiro do suor seco em seu uniforme, uma mistura entre cebola e hortelã. Quando se olharam, Guadalupe sorriu para ela como uma menina cujos dentes de leite estavam prestes a cair: com amplitude e desenfado. Ela não se lembrava de sorrir de volta para a garota. A consciência dessa falta fez com que ela sentisse uma vontade imensa de chorar.

– Nós sabemos. – Ela leu dos lábios de uma das Umas, que mal soltou um murmúrio.

Trançaram-lhe os cabelos, vestiram-na de branco, acariciaram-lhe o corpo com arruda fresca e ela se deixou manusear como num sonho no qual não punha a carne em risco. Havia um frenesi impudente nos corpos que suavam e mostravam suas unhas, seus seios, suas línguas. Uma excitação que ela também sentiu quando ficou dentro do local onde tudo aconteceu: uma casa que cheirava a golpes e podridão, que dançava como um lagarto sem esqueleto. De repente quis correr, atirar-se contra as paredes, arrancar a pintura, mas ficou recebendo a saliva espessa que as Umas lhe cuspiam no peito, ouvindo-as murmurar com a boca fechada, vendo-as enforcar-se com as próprias mãos.

O peso de uma cabeça morta é inquantificável na mente, pensou a ponto de vomitar.

Se fechasse os olhos, via uma cabeça gigante de pele grossa e cenho franzido, com duas imensas asas de condor emergindo nas laterais das orelhas: uma cabeça que lembrava a de Guadalupe, mas também a de qualquer outra menina e que, apesar de sua raiva evidente, sorria desdentada no jardim.

Por que tirei uma foto dela? Por que a levantei do chão?

Levou as mãos à garganta e tratou-a como massa de modelar, como cera fervente se moldando ao toque, afundando até a traqueia. A sensação a fez gritar, mas o que saiu de sua boca foi um sussurro. Então, em meio à agitação dos corpos seminus, ela sentiu: o desprendimento, a separação definitiva. Olhou para baixo e viu seu corpo caído na terra, solto e pálido como o casulo quebrado de uma crisálida. Seus olhos estavam longe, na altura de dez, quinze, vinte crânios flutuantes.

Sua voz era vento.

Apavorada, ela ouviu o som de uma cabeça sendo chutada contra a parede como o futuro. E então, abrindo caminho através da ingravidez dos cabelos, o som da sua própria cabeça voando para o quintal ao lado e caindo entre as hortênsias.

Caninos

Um Cão de Noite
é embaçado
disforme   longe
María Auxiliadora Álvarez

Filha guardava a dentadura de Papi como se fosse um cadáver, ou seja, com amor sagrado de ultratumba: seco nas presas, sonoro nas mordidas, movendo-se pelos cantos da casa como um fantasma de gengivas vermelhas. Um clac-clac de castanhola molar a fazia sorrir ao amanhecer. E, à tarde, uma percussão tribal, um choque de dentes a embalava até perder a consciência no travesseiro rosa em que os vaga-lumes caíam em agonia para morrer. Todas as noites, enquanto dormia, a dentadura de Papi era sua amante, sua companheira de cama, salivando em seus sonhos e pesadelos menores sem língua, sem músculo molhado cheirando mal, sem borda enferrujada na consciência. E, quando Filha acordava, varria os vaga-lumes do travesseiro rosa com os cabelos, sentava-se nas escadas do quintal para ver o jardim morrer, passeava com Godzilla pelo bairro e juntos latiam para outros cães com focinheiras, coleiras ou roupinhas de criança de dois anos.

Os donos não gostavam que ela latisse mais alto do que Godzilla.

Chamavam-na de louca de merda.

Olhavam para os pés dela de um jeito muito feio.

Então, quando voltava para casa, Filha escovava a dentadura de Papi e a guardava na prateleira, como um troféu. Ela a colocava no sofá ao lado dela antes de ligar a televisão. Levava-a para a cama e a guardava embaixo do lençol. Levava-a para a banheira e afundava com ela. Guardava-a na geladeira. Escondia-a num sapato. Filha movia a dentadura pela casa, mas a escondia quando Mami e Mana vinham visitá-la. Achavam que tinham tirado tudo de Papi porque não sabiam que sua casa era um sarcófago sendo construído aos poucos, com paciência, com esmero.

"Olha o estado do jardim, você está matando tudo!"

"Que nojo! Tem até merda de cachorro!"

Mami e Mana desconheciam a arquitetura pessoal de seu luto, embora a farejassem com os olhos.

"Você acha essa imundície normal?"

Olhavam para o jardim como gêmeas. Cerravam os lábios ao mesmo tempo diante da enfermidade. Assim tinham feito com Papi quando o deixaram para ela – um pai estragado na soleira da casa: uma cadeira de rodas, um soro, um tubo de oxigênio. Elas o deixaram ali mesmo sabendo que Filha era incapaz de cuidar de alguém. Deixaram-no porque ela era a mais velha: a Filha. E, por outro lado, Mami se vestia como Mana e bebia demais. E Mana estava terminando o colégio e tinha um namorado com quem muitas vezes desaparecia e ia a shows de rock. Agora elas visitam Filha todas as quartas e sextas-feiras, mas, quando Papi estava vivo, só tocavam a campainha no último sábado de cada mês.

"Aqui está tudo cheio de pó."

"Você vai ser devorada pelas aranhas."

"Corte as unhas, pelo amor de deus!"

Durante as visitas *post mortem*, elas trocavam de roupa no quarto de Papi e se punham a limpar. Vestiam camisetas compridas e rasgadas com estampas do Nirvana. Com estampas de tigre e de tambores. Com estampas de *As meninas superpoderosas*. Filha olhava-as com serenidade, pois nunca se atreviam a ir até o jardim onde ela enterrava a dentadura para que não a roubassem dela. Três vezes mandaram um jardineiro cuidar das plantas maltratadas, mas Filha não o deixou entrar.

"Como você gosta de viver no meio do que apodrece!"

"Como gosta que a gente sinta pena de você!"

A ideia de tirar tudo de Papi tinha sido de Mami. Mami que sentia que estava na flor da idade. Mami que era doze anos mais nova que Papi, mas, agora que Papi estava morto, ela devia ter onze anos a menos, dez anos a menos, nove anos a menos, e assim por diante até alcançá-lo e ser mais velha que ele, ultrapassá-lo em idade, morrer mais velha e mais doente. Mais muda, mais quebrada e com menos dentes.

Filha ficou surpresa com o fato de tantos dentes de Papi terem caído.

"O médico diz que é normal", disse Mana quando Papi ainda morava com ela e com Mami.

"Que médico? Isso não acontece só quando você é muito velho?", perguntou Filha. "E ele nem é tão velho assim."

Os dentes do pai caíam semana a semana como frutas maduras em sua língua de terra. Ele os cuspia e eles rebotavam contra as paredes, as mesas, as cadeiras, os sofás da casa de Mami e Mana.

"Você já se sentou em cima de um dente ensanguentado?", perguntou Mana, chorando para fazê-la se sentir culpada. "Se você não se sentou num dente com sangue, não sabe merda nenhuma."

A boca de seu pai pouco antes de morrer era uma árvore pálida com raízes escuras de baba, mas, quando ele tinha os dentes na boca, bebia álcool e cheirava a rato morto. Filha conhecia o cheiro dos ratos em decomposição porque levaram dias para encontrar um desses bichos preso entre os fios da máquina de lavar. Seus pais nunca notavam todos os animais que morriam ao lado de eletrodomésticos: bebiam muito e brincavam de ser outros no quarto das cortinas azuis, com um prato fundo ao pé da escada, uma coleira, uma focinheira e um osso amarelo.

Papi sofria de tremores, suava, se encolhia pela síndrome de abstinência desde que Filha e Mana tinham oito e sete anos de idade. Chorava como um bebê enrodilhado num canto enquanto Mami bebia com os lábios inchados e ocasionalmente assobiava para ele.

"Minhas filhas, minhas pobres filhinhas!", gritava ele com o rosto cheio de ranho. "Perdoem o papi! Perdoem a fraqueza do papi!"

Nunca conseguia ficar mais de um dia sem beber. Mami também não. Filha e Mana prefeririam que estivessem bêbados porque não choravam nem brigavam durante sua sexualidade vermelha. Bêbados, riam, gargalhavam e permitiam que elas se trancassem no quarto. Bêbados, eram pais melhores. Davam-lhes coisas. Gastavam a herança dos avós em brinquedos. Levavam-nas em viagens de ônibus e avião.

Às vezes, as pessoas não percebiam que seus pais estavam bêbados quando estavam bêbados.

Às vezes, nem ela nem Mana sabiam a diferença.

Depois, Filha completou dezoito anos e foi morar sozinha na casa que havia sido dos avós. Abandonou a irmã, a mãe e o pai. Abandonou a irmã com a mãe e o pai. Não se sentiu mal porque até então sempre cuidara de Mana. Ela a protegera da dengue, dos pratos quebrados, do xixi no chão, dos grunhidos e da sexualidade vermelha de Papi e Mami.

Às vezes, quando Papi queria parar de beber e chorava como uma criança horrível e suja que abraçava Mana gemendo perdões não solicitados, Filha trazia a garrafa para ele e dizia: "Tome, papito". E conseguia que ele soltasse Mana, que naquela época se assustava com qualquer coisa.

Mami era mais coerente.

Mami nunca chorava ou tentava parar de beber.

Mami lhes deu rum com Coca-Cola quando Filha tinha nove anos e Mana oito.

"Estão vendo? Tem um gosto ruim! Nunca bebam como o papi e a mami, minhas lindas."

Filha nota que sua mãe nunca está bêbada quando a visita com Mana e limpam toda a casa, exceto o jardim, que é o terreno de Godzilla e da dentadura de Papi.

"Lobo filho da puta!", grita a mãe quando o cão late para ela e arreganha suas presas de leão. Suas presas de tubarão.

"Se me olhar mais feio, esse idiota morre na hora", diz Mana quando sai para fumar e o vê amarrado e babando na terra estéril.

Filha gostava de Godzilla porque o encontrou no mesmo dia em que decidiu se mudar, morar sozinha, deixar o pai, a irmã e a mãe. Encontrou-o ferido e sarnento. Estava chovendo, e tudo que ela fez foi continuar andando pela calçada e ignorar o cachorro, mas o animal mordeu sua perna.

A dor, ela entendeu naquela tarde, podia ser luminosa.

Tudo ficou branco. Ela nem sentiu o momento em que caiu no chão. Nem sequer chutou o cachorro. E por causa disso, porque ela se deixou morder, Godzilla soltou sua panturrilha. Filha se lembrava muito bem: daquele instante de lucidez plena nas presas do cão, na perfuração de sua própria carne. E teve, de repente, uma imagem vaga do passado que a fez entender que não era a primeira vez que a mordiam.

Ela não sabia como tinha conseguido se levantar e continuar seu caminho com tanta luz na cabeça, mas o cachorro a seguiu. Seguiu a água e o sangue. Seguiu Filha, que palpitava inteira. Filha, que nunca duvidara de sua memória, mas que a cada novo passo ia se recompondo com uma memória velha, afiada e embaçada como a paisagem de sua casa no meio da tempestade e dos sapos. E chorou com o cachorro às suas costas lambendo seu sangue: deixou-se chorar pelo medo de saber que, se havia se lembrado daquilo, poderia se lembrar de coisas ainda piores, coisas que lhe aconteceram e que viviam escondidas em sua mente como baratas, como tarântulas que de repente saíam do quarto para lhe dizer quem ela realmente era, e ela não queria saber.

É por isso que Mami e Mana odiavam Godzilla: por ser um cão lambe-sangue.

É por isso que elas limpavam toda a casa, exceto o jardim.

"Sabemos que você precisa de tempo e blá-blá-blá, mas isso não pode durar para sempre", dizia Mana. "Você vai ter que se comportar como uma pessoa normal algum dia."

Godzilla respeitava Filha porque ela havia se deixado morder, ou talvez porque ele tenha provado sua carne e a achou salgada e triste. Às vezes, quando o levava para passear, o cachorro fazia xixi em seus pés. Então Filha voltava e não os lavava, para deixar o cheiro do pai florescer na casa dos avós.

Havia dias em que não tinha forças para nada além da dentadura de Papi lambida por Godzilla com carinho.

"Olha, eu entendo que você nos deixou e eu não te culpo, não pense que eu te culpo, mas agora você tem que cuidar dele porque nem tua irmã nem eu podemos mais mantê-lo aqui", Mami disse a ela por telefone, e Filha sugeriu: "Vamos levá-lo a um hospício". "Vamos pagar alguém para cuidar dele." E Mami: "Você deve ser idiota". "Não podemos fazer isso." "Você sabe que ele tem outras necessidades."

Mas Filha não entendia por que não podiam se esquecer de suas necessidades, se ele estava doente e nem sequer falava direito.

"Você já teve suas férias, agora é tempo de família."

Mami estava quase sempre bêbada, mas nunca quando a visitava, com Mana, para acariciar a cabeça de Papi, que mal conseguia se mover.

"Sua irmã não pode fazer o que precisa ser feito, ela não conhece os limites."

"É bruta."

"Exagera."

O diagnóstico da doença veio tarde, então Papi começou a beber mais do que nunca; e Mami, a se esconder com suas amigas alcoólicas moderadas na casa dos avós.

"Se você não me ajudar, eu vou explodir", Mana lhe disse um dia. "Tem que levá-lo embora, senão eu não respondo por mim."

Então Papi começou a se encurvar e não conseguia andar um metro sem cair. Sua doença era igual à sua embriaguez, só que sem Mami, sem coleiras, sem focinheira, sem latidos, sem ossos, sem golpes ou gemidos histéricos na sala. Sem sexualidade vermelha. Depois, a cadeira de rodas.

As pílulas. O soro. As injeções. O tubo de oxigênio. "O que Papi mais sente é que ele não pode mais beber", disse Mana. "Isso e que seus dentes estão caindo."

Papi sempre foi um homem orgulhoso de sua beleza. Um homem que desprezava a feiura e que sabia bem como usar suas presas.

"Pelo menos não tenho mais que aturá-los juntos fazendo seu show de merda."

Se fosse deixá-las na escola, Papi sorria dentro do conversível e as outras garotas suspiravam.

"Que pai lindo que elas têm!"
"Que sortudas!"

E Filha lhes dizia: "Mas ele é um cachorro", e só Mana ria porque a entendia de verdade.

Papi gostava que os outros admirassem seus caninos, por isso, muito antes de adoecer, quando a erosão dentária causada pelo álcool começou a danificar seu ego, ele foi a um dentista todo enrugado que tinha uns dentes de jovem de vinte anos. "Depois desse tratamento, vou ficar estupendo!", disse ele para Mami. E ele ficou estupendo, pelo menos por alguns anos, até que a doença o prostrou e ele não pôde mais ir ao dentista da boca jovem, e seus dentes então começaram a cair.

"Não é normal que caiam assim", disse Filha quando Papi ainda não morava com ela, mas já havia perdido completamente a fala e a olhava com os olhos arregalados, como se estivesse assistindo a um filme de terror.

"Claro que é normal", dizia-lhe Mana. "O que não é normal é que ele os cuspa por toda a casa como uma criança nojenta."

Mas uma criança só cuspia seus dentes de leite, os primeiros, e não os últimos, pensava Filha ao ver os dentes do pai quase pularem de suas cavidades.

"Mami não ajuda em nada."

Ela não gostava de tê-lo por perto desde que Godzilla mordeu a perna dela.

"Se continuar assim, juro que vou fugir."

O namorado de Mana usava uma jaqueta de couro preta mesmo nos dias quentes. Fumava Lucky Strike e havia ensinado sua irmã a fazer círculos de fumaça no ar.

"Você não devia deixá-la fumar", disse Filha a Mami quando Papi ainda estava vivo, mas não podia mais beber ou ir ao banheiro sem ajuda.

"Você vai me dizer como educar minha cria? Ha! Melhor aprender a limpar sua bunda, pentelha."

Filha já se sentira mãe da irmã muitas vezes, mas não sabia o que era ser boa mãe e queria ser boa, muito boa, como naqueles tempos em que morava com Mana e Mami e nunca tinha pensado em se mudar para a casa abandonada dos avós.

Ela costumava se perguntar o quanto o namorado de sua irmã saberia sobre Papi: quanto Mana teria sido capaz de lembrar e contar.

Certa vez, perguntou-lhe: "Não lhe acontece que há coisas de anos atrás que não se lembra bem?". E Mana olhou para ela emburrada, como se tivesse um ranho pendurado no nariz ou um pedaço de comida entre os dentes.

"Não, não sei me fazer de sonsa."

Filha muitas vezes pensava sobre o que significava se fazer de sonsa em situações em que ser inteligente era difícil: um sacrifício inconsciente, um desprendimento para fora da própria cabeça.

Quando Mami e Mana lhe entregaram o pai doente e ela o banhou pela primeira vez, encontrou uma queimadura de cigarro recente e mal cicatrizada alguns centímetros acima do joelho, mas Papi não conseguia mais falar, apenas agitava as pálpebras com os olhos cada vez mais úmidos e esbugalhados.

"Pergunte à sua Mana", Mami lhe disse por telefone. "Eu falei que você tinha que levá-lo embora."

Filha notou, naquela mesma tarde, que o pai estava com as gengivas inchadas e que gotas de sangue pingavam sobre seu queixo e na camisa.

"Alguém apagou um cigarro na perna de Papi", explicou a Mana durante uma sessão de pedicure. "Você que dava banho nele, tinha que saber."

Então Filha, subitamente encarregada da saúde de Papi, da boa morte de Papi, levou-o a um dentista que curou suas gengivas e lhe fez uma dentadura nova.

"Claro que eu sabia", disse-lhe Mana, pintando as unhas de cor de carne. "Claro que sei."

E quando o dentista lhe perguntou, dando uma de detetive, como seu pai havia caído para ter perdido quase todos os dentes, Filha respondeu-lhe tão rápido que ficou surpresa com sua própria maneira de pensar: "Ele caiu das escadas", disse ela, enquanto Papi pestanejava como uma borboleta que acabara de tomar inseticida.

"Você é louca, como pôde?", disse Filha, sentindo que queria vomitar por causa do cheiro intenso do esmalte, e Mana fechou os olhos.

"Ah, por favor. Não se faça de tonta."

Às vezes, Filha chafurdava na lua de sua memória: branca, redonda, cheia de coisas que queria esquecer e que esquecia, embora não para sempre. Coisas como: que Papi e Mami bebiam, e Mana e Filha se trancavam para não vê-los brincar na sala. Para não ver a sexualidade vermelha do pai com coleira.

O pai com focinheira, de quatro.

A mãe com esporas.

Para não vê-lo morder o osso que a mãe jogava, que a mãe pisava. Para não ver Mami passeando com Papi pelos corredores, colocando restos de comida no chão, punindo-o por mijar nos pés do sofá ou por cagar embaixo da mesa.

Mas Mana pintava as unhas da cor da pele de Papi.

"Por que você se importa se eu queimar a pele ou arrancar todos os dentes dele? É apenas um cachorro!"

Filha não queria pensar em como a irmã lhe dizia quem ele realmente era. Por isso deu banho em Papi, alimentou Papi, levou Papi para passear. É por isso que, quando lhe deram a dentadura postiça, Filha colocou-a em Papi e Papi parou de se assustar e sorriu para ela com aqueles novos incisivos que não eram seus, mas que se pareciam com ele. E Filha penteou-o, perfumou-o, levou-o para passear com Godzilla. E enquanto Godzilla latia para outros cães, Papi lentamente movia sua mandíbula e mostrava a língua e ofegava, contente. E, quando Godzilla mostrava os dentes, Papi mostrava sua dentadura, feliz, e Filha ficava com muita raiva porque se lembrava de coisas que não queria. Recordava-se de uma coleira tensa, Papi latindo feito louco, salivando, batendo os joelhos contra as lajotas, arranhando o chão, olhando para ela e para Mana no corredor, assustadas, impactadas, e Mami soltando a coleira.

"Minhas filhas, minhas pobres filhinhas!"

"Perdoem o papi!"

"Perdoem a fraqueza do papi!"

Teria sido ela ou Mana? Às vezes duvidava: ora se via fechando a porta do quarto a tempo, salvando-se dos caninos, deixando a irmã do lado de fora para a dentadura do pai. Outras vezes, no corredor, implorando a Mana para abrir, para deixá-la entrar e, em seguida, a mordida.

"Eu não me lembro disso, e, se aconteceu, deve ter sido só uma vez, uma coisa do álcool, porque quando brincávamos seu pai era inofensivo", disse-lhe Mami. "Mais bravo é esse cachorro feio que você tem, e você não sai por aí reclamando do que ele fez com sua perna."

Mas Filha sabia que Godzilla não era o primeiro cachorro a mordê-la.

"Cabe a você cuidar dele!", reclamou para a mãe quando o pai começou a uivar e a se cagar todas as noites.

"Não posso", Mami lhe disse como se estivesse falando de tapetes. "Eu só sei como castigar seu pai, mas você sabe o que é cuidar bem de um cachorro."

Filha secava sua pelagem com um secador. Dava-lhe os ossos de galinha para roer com os dentes falsos. Punha a coleira nele e o amarrava ao lado de Godzilla no jardim para que ele pudesse ver o sol se pôr. Deixava que Mami acariciasse sua cabeça quando vinha de visita. Vigiava para que Mana não beliscasse suas orelhas. "Você tem que castigá-lo a cada dois dias, porque é disso que ele gosta", dizia-lhe a irmã antes de se despedir, mas ela escovava a dentadura de Papi e a observava afundar num copo de água limpa.

Trocava as fraldas dele. Lixava suas unhas. Fazia sua barba. Assobiava para ele como fazia com Godzilla.

Deixava-o uivar e latir à noite.

"Foi isso que matou o Papi. Você sabe disso, né?", disse Mana, apoiada no esfregão. "Seu desejo de ser uma boa menina quando ele tinha que ser cuidado de uma maneira diferente."

O namorado da irmã pintava as unhas de preto e tinha os olhos da cor dos manguezais. Às vezes, se ela o encontrasse esperando Mana na frente da escola com a língua de fora, orelhas levantadas e as mãos nos bolsos, Filha imaginava um alicate e se perguntava o quanto ele saberia sobre a queimadura de cigarro e dos dentes de Papi.

O quanto ele saberia da maneira transparente e violenta com que sua irmã mais nova amava.

Numa sexta-feira, enquanto Mami limpava as janelas, Godzilla desenterrou a dentadura e a lambeu na grama.

"Não posso acreditar que você guardou isso", disse Mami, esfregando os dentes falsos de Papi em suas bochechas. "Devíamos tê-lo enterrado com isso!", chorou, com a maquiagem escorrendo. "Ai! O que é um cão sem seus dentes?"

Filha passou muito tempo pensando nisto: o que é um cachorro sem seus dentes?

Papi mijava em si mesmo. Cagava em si mesmo. Uivava à noite e Filha nunca lhe deu a oportunidade de usar bem sua dentadura. Nunca lhe deu a chance de se defender. Antes de dormir, ela tirava as presas dele com um prazer que nunca admitiria em voz alta, olhando para os olhos do pai que brotavam de horror pela nudez da boca e, naqueles globos oculares que pareciam ovos prestes a quebrar, Filha via claramente quem ela realmente era, embora pela manhã nunca quisesse saber.

"Você entende o que é cuidar bem de um cachorro", Mami dizia a ela, mas Filha não tinha certeza de que Godzilla domesticado se lembrasse do enorme prazer de morder.

Não sabia se, quando o levava para passear e tirava sua coleira do pescoço para lhe dizer: "Você tem que ir, não sei cuidar de você e também não sei se te quero", o cachorro entendia que ela preferia que ele saísse e nunca mais voltasse, que usasse os dentes em outro lugar, em outros ossos: que lambesse outro sangue de família. Mas o cachorro só babava em seus calcanhares e, se se afastava um pouco, se passeava e urinava em outros pés, sempre voltava para casa com o focinho limpo.

Slasher

Bárbara queria cortar a língua da irmã gêmea com um estilete. Imaginara a coisa assim: um estilete ardendo sob a chama do fogão da cozinha, sua mana Paula tirando a lesma-carnívora da boca e colocando-a sobre a mesa para um corte lento e profundo, até que a ponta rasgasse a madeira sob sua carne inútil, e depois para dentro, com força, abrindo caminho através da textura elástica dos músculos, do sangue e do silêncio eterno de Paula que nunca gritava, que não sabia o que era romper a garganta com um som grande e quente, como o parto de uma baleia de traqueia (Bárbara gostava de dizer: "Esta é minha irmã e ela não sabe gritar", porque seu público tinha medo de ouvir quase qualquer coisa vinda de uma gêmea). Havia momentos em que ela sentia prazer em imaginar o corte, a lâmina fina, o rosto roxo de Paula, e uma certa inquietação crescia em seu peito, embora nunca a ponto de fazê-la se sentir culpada ou envergonhada do que levava dentro de si:

uma curiosidade infinita pelas mutilações,

uma admiração e uma inveja inabalável de sua irmã-má.

Ela também quis, uma época, sobretudo quando era pequena, cortar as orelhas de Paula, mas esse desejo durou pouco. Sua gêmea tinha duas orelhas muito bonitas, simétricas e inúteis. Sua língua, por outro lado, além de inútil, era encaracolada e feia. "Uma surda-muda não devia ter nem ouvidos nem língua", disse ela em voz alta em seu décimo aniversário, quando notou que, como todo mês de junho, os presentes eram compartilhados. Em seguida, a mãe a puxou pela trança e avisou que iria lhe dar uma surra se ela dissesse tal coisa novamente, e Bárbara, que sabia que as advertências da mãe eram a sério, nunca mais pronunciou a verdade, mas pensava nela. Mesmo naquele instante, oito anos depois, enquanto esperava sua vez de entrar no Centro Cultural Prohibido, Bárbara ainda acreditava que duas orelhas e uma língua numa pessoa que não podia usá-las eram um despropósito.

Uma verdadeira obscenidade.

Ela havia dito isso a Paula depois de escolher os instrumentos para o II Festival Andino de Música Experimental e ela riu como sempre, com a boca aberta demais para o nada. Também disse a ela que às vezes, especialmente de madrugada, queria cortar a língua dela.

Que imaginava a cena.

Que achava aquilo excitante.

E Paula lhe mostrou a lesma-carnívora com piercing movendo-a para cima e para baixo como a cauda de uma iguana, e da esquerda para a direita como uma cascavel. Sua mana era este tipo de duplo: a pior, a noite. Ela entendia todos os tipos de coisas sem mover um fio de cabelo. Quando criança, inventava jogos inspirados em *Contos da cripta*, em *Estrada maldita*, em *Clube do terror*, nas capas do *Diario Extra* que sua mãe trazia para casa para ler, para matar moscas e bater nas nádegas quase idênticas de suas filhas.

"Embebedou sua bebê e a ESTUPROU!"

"Agarrado ao CADÁVER de sua amada!"

"Aprontou uma piada MORTAL!"

Nenhuma história, no entanto, era truculenta o suficiente para agitar os pulmões ou criar pesadelos para Paula: a mana das tatuagens e das escarificações.

A gêmea malvada.

A louca do zigoto.

Ela se deliciava escarafunchando o horror dos outros, assustando-os para vê-los encolhidos, minúsculos no fundo de suas sombras, mastigando o vento escondido das gavetas. Bárbara também gostava de pessoas que temiam e de ver o que lhes passava nos olhos, o estado aquático de suas peles, a tensão muscular, a cavalgada aberta dos pulmões, mas a especialista em assustar os outros era Paula: ela tirava os medos das pessoas assim como os mágicos extraíam coelhos brancos da cartola.

"Desta vez eu quero que a gente faça algo diferente", disse a irmã antes do festival, e Bárbara repetiu suas palavras em voz alta:

"Quero que façamos algo diferente."

Elas não tinham certeza de que o público entenderia sua proposta, mas de qualquer forma esperavam na fila trançando os cabelos, estalando as línguas para que se ouvisse o som aquático da saliva e do músculo que, como um golfinho, afundava na carne batendo no palato. "Como soa o verdadeiro fundo das coisas?", elas se perguntaram durante muitos anos. "Por que um tilintar faz cócegas e um rugido põe o corpo em alerta?" Havia sons que revelavam acontecimentos anteriores à linguagem, como aquela vez que Paula se lembrou do próprio nascimento a partir de um concerto de pedras e água num liquidificador. "Nadávamos como peixes no escuro e no calor", contou-lhe. "O cordão umbilical estava enrolado na nossa garganta e chorei tão alto que fiquei muda e surda quando vi a luz."

À sua frente, um quarteto de góticos fingia tocar instrumentos de sopro, dois metaleiros enxugavam o suor com as mangas da camisa, uma menina de cabelos azuis observava a lua, cinco punks nem sequer se olhavam, três emos lustravam as botas de plataformas enormes e um cara tatuado na testa coçava a perna com a baqueta. Já tinham encontrado todos eles antes em shows do mesmo tipo, mas não os conheciam de verdade. No mundo da música *underground* local, as gêmeas eram chamadas de As Bárbaras e seu grupo de *experimental noise* utilizava como instrumentos um sintetizador, um teremim, um baixo, um xilofone modificado, tambores, insetos, ossos, folhas secas, animais mortos (ou vivos), botões, tesouras, água e objetos que encontravam na rua, como garrafas de vidro, pedras, latas ou utensílios de cozinha.

Em seus ensaios, elas gostavam de imaginar que compunham a banda sonora de um filme *giallo*.

                        Reproduziam o som das facas.
                        Apunhalavam frutas em
                        florestas fluorescentes.

Seu procedimento preferido era o improviso. Paula inventava uma cena e gerava sons que ela mesma não conseguia ouvir, mas que estavam no centro da performance: golpes de pedras, estrilos de animais de pequeno ou médio porte, o percurso de um giz num quadro-negro, o folhear das páginas de um livro, bofetadas, o golpear das teclas de uma máquina de escrever, explosões de água, objetos queimando, a destruição de travesseiros, talheres de metal caindo, bolas de gude rolando, passos, inalações e exalações, o martelar nos crânios de bonecas velhas, o bater de uma dentadura, os pontos de uma máquina de costura, o arrastar de correntes, a batida de sementes numa panela, a queda de excrementos na água, o coçar de um crânio...

Qualquer elemento podia ser um instrumento.

Qualquer ação, composição.

Bárbara seguia os sons da irmã e acrescentava os seus (*beatboxing*, *scat singing*, canto difônico ou improvisação no teremim). Seu objetivo, no entanto, era criar a partir do interior de Paula:

> um fracasso, um oceano
> negro em Saturno.

O que elas fizessem no palco tinha de soar profético, soar a algo que ainda estava por vir. "O som é a poesia dos objetos", disse certa vez à sua gêmea, e ela respondeu com o verbo de suas mãos: "Eu tiro poemas das coisas". Paula colava as mãos no chão para sentir a batida rítmica dos pés de Bárbara, as vibrações das cordas, o sopro do vento. Entendia que os corpos se perturbavam com alguns estímulos e relaxavam com outros. Que um som podia provocar prazer e outro dor. Que o horríssono e o canoro pertenciam à mesma paisagem de uma onda mecânica viajando pelo interior de uma caverna feita de cartilagem e osso.

Certa vez, febril de si mesma, Paula matou um galo no final de um improviso: quebrou-lhe o pescoço com os dentes e o som trovejou pelos alto-falantes como uma fratura de terra.

> As Bárbaras, chamavam-lhes
> desde então.

Seus experimentos sonoros tinham nomes:

1. Comi a mão da minha mãe 01:55
2. A criança e seu cadáver 03:57
3. Línguas em seus martelos 05:39
4. Abortos e cobras 02:35
6. A impossibilidade física do universo 03:26
8. Uma musa cheia de tiques nervosos 04:30
9. O misterioso fragmento de um fax 01:38

> Tempo total:
> 21:08 minutos.

– Sobrenomes – exigiu um homem alto que guardava a entrada do Prohibido.

Há algum tempo elas tocavam em lugares escuros e decadentes, espaços onde a cena *noise* encontrava seu próprio público. Por onde passavam, havia jovens como elas em busca de experiências sonoras inusitadas, shows que revelassem os verdadeiros sons dos objetos, instrumentos musicais nunca antes vistos, ações que os fizessem se sentir parte de algo único e irrepetível. No entanto, Bárbara e Paula não se interessavam pelo inusitado, mas pelo extremo: o grau mais alto de intensidade auditiva. Uma descoberta do telúrico da mente através do que ressoa, vibra e retumba. Um regresso à vida anterior da linguagem. Uma lembrança.

"Quero te ensinar o que é gritar", confessou Bárbara para a irmã depois de contar que fantasiava em cortar sua língua. "Quero mostrar o verdadeiro tamanho de um grito."

Embora suas fantasias, as mais agressivas, muitas vezes incluíssem sua mana Paula, ela não era a única pessoa que Bárbara imaginara mutilar. Ela também desejou, em algum momento, amputar a mão da mãe, mas ela não sabia. Sua gêmea, por outro lado, estava ciente de cada evento pungente escondido em sua imaginação.

Lia seus lábios como se estivesse lendo sua mente.

Descascava suas palavras e comia a polpa.

Quando faziam barulho ao vivo, e Bárbara via Paula esmagar insetos com uma pedra, abrir uma pomba ou ofegar e soprar no microfone, sentia como se sua gêmea fosse uma enguia nadando em seu sangue, como se o clichê fosse certeiro, uma verdade mística na placenta, e elas estivessem muito dentro uma da outra.

Inseparáveis. Indistinguíveis.
Batendo no mesmo ritmo da mente.
"Eu sei tudo sobre os gritos", disse Paula dias antes do festival. "Sei que deformam o rosto das pessoas, que fazem tremer a matéria, que ativam um sinal na amígdala que gera medo, e que a natureza do medo é a sobrevivência." Bárbara, no entanto, tentou explicar o importante: "Um grito é a explosão das palavras", disse ela. "Quando alguém grita, as letras disparam sem nenhuma ordem e atravessam o tórax das pessoas."
"Um grito é uma emoção que se contagia como um feitiço."
"Um som é uma emoção que se conjura como mágica."
Dois anos antes, numa festa, um rapaz havia vomitado em Paula por acidente. Naquela época, quase todos os seus colegas estavam convencidos de que sua irmã era uma bruxa e, claro, Paula havia contribuído para criar sua própria fama fazendo bonecas das meninas de que não gostava e fingindo rituais nos armários daqueles que ousavam zombar.
"A irmã maldita", chamavam-lhe.
A mana runa.
A dublê dos malefícios.
Paula não acreditava em bruxaria, mas tinha consciência de que os outros acreditavam e que mentiam quando negavam, sorrindo, e seus dentes e pestanas se encolhiam como se fossem crianças acordadas no escuro. Foi por isso que ela pegou o medo da cabeça do menino, olhou para ele com olhos arregalados e lançou um som gutural que soou como uma palavra num idioma subterrâneo. E o menino, lívido de terror, ajoelhou-se sem que ninguém lhe pedisse e começou a lamber suas botas.

Sua irmã era capaz de fazer as pessoas se comportarem de maneiras impensáveis. Como na escola, quando fez Rebequita Noboa acreditar (através de Bárbara, sua intérprete) que era imortal e que, se se jogasse pelas escadas de sua casa, quicaria como uma bola de praia.

E Rebeca se jogou.

E quebrou a perna.

Ou como quando, na segunda série, Paula fez Bárbara acreditar que sua voz não era sua voz, mas dela. Que Bárbara era sua marionete. Que, se uma das duas morresse, a outra morreria logo em seguida. Que a carne que comiam em casa era das mulheres do *Diario Extra*. Que, ao contrário do que a mãe lhes dizia, elas tinham um pai, mas ele se escondia nos armários porque era monstruoso e só saía quando estavam no chuveiro ou enquanto dormiam.

"Quão monstruoso ele é?", perguntou na época, e Paula lhe respondeu que muito: que não tinha pernas, mas oito braços e uma cabeça de mola.

Durante anos Bárbara tentou assustar a irmã, devolver os terrores apresentados na infância, uni-la a si no espanto, mas às vezes acreditava que o medo era algo que habitava nos sons e que Paula, completamente muda e surda, existia para além desse sentimento.

No palco, uma mulher sussurrava ao microfone. Seu cabelo preto caía até o chão como os galhos de um salgueiro-chorão e sua parceira, uma menina com implantes subdérmicos, cortava-o como podando um arbusto. Bárbara as escutou de olhos fechados e o som agudo da tesoura lhe produziu uma alegria familiar.

"Com que se parece o prazer de um som?", perguntou Paula pouco antes de sair de casa, e ela disse: "Com uma carícia na nuca".

"Um formigamento."
"Uma aceleração do sangue."
No Prohibido, Bárbara se via como um tubarão preso num aquário. O cheiro excessivo de palo santo e maconha a incomodava. O tom pálido das paredes, a fricção dos cabelos. Ela pegou a mão de sua igual para não perdê-la e juntas abriram caminho através do suor. Uma fumaça densa que as luzes tornavam azul e roxa cobria completamente o espaço ao redor. Havia álcool no chão, guirlandas fluorescentes penduradas sobre as cabeças delas como águas-vivas, pessoas com rostos de peixes e cachalotes que se moviam muito lentamente e, no meio do espetáculo marinho, a cada poucos minutos Bárbara apertava os dedos de Paula com força. Ambas ficavam surpresas ao saber que sua curiosidade pela dor era insuportável para a maioria das pessoas. Que as chamassem de bárbaras por explorar entre elas, de forma consensual, algo que fazia parte da experiência de ter um corpo. Elas tinham pesquisado: um som de 160 decibéis podia romper um tímpano; e um de 200, criar um coágulo de ar nos pulmões que flutuava diretamente em direção ao coração. Um som era capaz de fazer os pulmões explodirem, provocar ansiedade, náuseas, tristeza, enxaquecas, percepção de movimentos fantasmagóricos nas laterais do campo visual que muitos confundiam com aparições. Elas leram que elefantes, baleias, tigres e morcegos se comunicavam a partir de frequências imperceptíveis ao ouvido humano, mas que os infrassons também saíam do vento, das ondas e dos músculos de um homem que caminha e de suas articulações. Conheciam vulcões com crateras cilíndricas que emitiam ondas semelhantes às de um instrumento musical gigante (o Cotopaxi soava como um sino; o Tungurahua, como um chifre), pedras que tangiam, árvores que anunciavam a

própria sede, cavernas que assobiavam. Compreendiam a maravilha: o grande concerto universal do vivo e do morto.

"Se sofrêssemos um acidente na estrada, como seria o barulho dos nossos ossos se quebrando?", perguntara à Paula duas noites atrás.

Seria como uma percussão
de órgãos vermelhos.
Como uma harmonia de
membros decepados.

Sua irmã ignorava a violência real do som. Bárbara, ao contrário, agarrava-se à cama possuída pelos ruídos do outro lado da porta: batidas, gavetas se abrindo e fechando, soluços, rastejamentos, unhas se afiando contra as coisas. Aquele mundo de terror acústico era a única coisa que elas jamais tinham sido capazes de compartilhar. É por isso que Paula inventava histórias como a de que, de madrugada, depois que sua mãe fechava a porta do quarto, o pai cabeça de mola saía dos armários para arranhar peles morenas e fazê-las sangrar. Durante muito tempo, essa foi a única explicação para as marcas que viam nos braços da mãe.

"Vamos fazer algo diferente", disse ela à sua gêmea. "Algo que una nossa pele e o pulso."

Uma investigação do primigênio.
Um estudo do grito.

Bárbara queria que Paula entendesse as noites das gavetas e dos pés (as camas separadas, a mãe chorando nos corredores), o que se sentia ao ficar apavorada ouvindo os gritos selvagens, mas incapaz de se mover e sair da cama, incapaz de remover o lençol que queimava e grudava nela como uma pele doente e viscosa. Ele achava que era seu dever ensinar à irmã o que um som era capaz de fazer à imaginação.

"Um grito respira e incha dentro de você", contava-lhe. "Um grito te transforma."

Qualquer som poderia ser perturbador dependendo do contexto, mas havia alguns que falavam de tempos antigos onde o temor era reverencial. "O barulho mais alto da história foi o de um vulcão em erupção", disse-lhe Paula. "Dizem que ensurdeceu os marinheiros que estavam muito distantes da erupção, dá para acreditar?" O barulho mais alto que Bárbara já ouvira foi o de sua mãe gritando a noite toda depois de ter estourado a cabeça contra o vaso sanitário. "Um grito é um crânio mordido", sussurrava sua irmã que não conseguia ouvir os passos rápidos no corredor ou o barulho das coisas ao cair. "É um fantasma urinando em cima de todos os tímpanos." Paula dormia demais e, embora pela manhã Bárbara lhe explicasse a natureza do sonambulismo da mãe, ela apenas sorria e falava novamente sobre o pai cabeça de mola como se realmente o conhecesse. Por isso, Bárbara gostava de imaginar a irmã mutilada: para que ela realmente o conhecesse. Para que, através da perda, ela entendesse o que um som era capaz de fazer com a imaginação.

"A magia é que algo invisível pode te deixar doente", disse Paula certa vez. "Para mim, o som é uma divindade impossível."

Anos antes, sua mãe lhes contou algo sobre o pai: que era um homem mau, um punho, uma colher, uma agulha. Que ele partiu antes de elas nascerem. Que foi culpa dele que Bárbara tivesse nascido má.

"Também nasci muito má", acrescentou Paula com o verbo das mãos como se não quisesse ficar de fora.

No improviso de "Comi a mão da minha mãe", usaram como instrumentos um machado, duas tesouras, quatro travesseiros, um espelho e um violino sem cordas. Ninguém acreditava na história de que tivessem cortado a mão da própria mãe, mas o importante era que elas gostavam de contá-la durante suas apresentações e que sabiam, no fundo de si, que prefeririam que fosse assim.

>Comer a mão materna.
>Lamber, em troca, o coto
>seco durante toda a vida.

Também improvisaram uma performance inspirada no caso de Lorena Bobbit, uma mulher que em 1993 cortou o pênis de seu abusador. Até onde sabiam, ele aproveitou seus cinco minutos de fama para se tornar ator pornô e Lorena, transformada em súcubo pela opinião pública, fundou uma organização dedicada a oferecer ajuda a mulheres vítimas de violência de gênero. "Nossa mãe se chama Lorena", mentiam em suas apresentações. "Não temos pai."

– Nós nos definimos como um acontecimento improvisado, em que diferentes disciplinas e linguagens audiovisuais convergem para repensar o ruído – disse um menino que acabara de subir ao palco. – Buscamos montar uma experiência cacofônica e multissensorial que...

No filme pornô de John Wayne Bobbit, o centro de todas as cenas de sexo era seu pênis encolhido e semiflácido, embora grotescamente completo e rodeado de línguas. Quando o viram juntas, Paula perguntou-lhe: "Como é o som do sexo?", e Bárbara respondeu: "Som de selva, de suor, de sede".

>Respondeu: "O som da dor é
>muito parecido com o do deleite".

Em festivais ou shows, Bárbara tinha a responsabilidade de descrever os sons para sua gêmea. Fazia isso brincando com as palavras, como se desenhasse versos para aproximá-la da verdade das sensações auditivas. Então a imaginação de Paula disparava e seus olhos pareciam entender, embora sempre coisas diferentes.

– O primeiro grupo soou como o vento se masturbando – começou ela. – O segundo, como espíritos, sucata e mandíbula quebrada.

Por outro lado, Paula lhe ensinava os significados de novas palavras.

> Acrotomofilia: desejo sexual
> por uma pessoa amputada.
> Apotemnofilia: desejo de
> amputar um membro.

"Mas eu não quero me amputar, eu quero amputar você", disse-lhe enquanto sua gêmea sorria. Contar a Paula o que se passava em sua cabeça, pronunciá-lo mesmo que ela não ouvisse, dava a Bárbara a ilusão de estar no controle, mas às vezes ela temia perdê-lo assim como as pessoas que apareciam no noticiário e no *Diario Extra*; pessoas normais que, em questão de segundos, machucavam seus parceiros, suas filhas, suas irmãs ou suas mães. Ela se enfermava de medo na cama, de bruços, e Paula lhe dizia novamente, com preguiça, que não tinha motivos para se sentir culpada.

Que, se um dia Bárbara cortasse a língua dela, iria perdoá-la.

Que se um dia elas se machucassem, seria por amor.

Bárbara ensaiava como expressar a verdade, mesmo que as palavras estivessem sempre erradas. "A única coisa que nos separa são as noites", dizia a Paula. "A única coisa que nos divide é o sentido do horrível." Comunicar-se com sua gêmea, no entanto, era mais fácil do que fazê-lo com qualquer outra pessoa: elas eram unidas pelo cabelo, pelas vértebras, pela pélvis. Eram iguais no corpo e seus ossos respondiam a uma gramática superior.

Suas palavras, ao contrário, eram distintas e incompatíveis. É por isso que algumas noites ela queria castigá-la.

Bater nela.

Amputar seu desejo.

Porque era responsabilidade das duas ensinar uma à outra o que era importante, mesmo que fosse fugaz, e evitar que começassem a perder o mundo compartilhado ou, pior ainda, pensar de uma forma incompreensível para a outra.

– É a vez de vocês, andem! – gritou O Duende.

Braços, cabeças, pernas brotaram da fumaça azul como membros independentes, liberados e oscilantes. Bárbara olhou para as partes de seu público e pensou que o amor unificava tudo e era isto que elas pediam: estar juntas no som dos arranhões que a mãe fazia a si mesma, nas gavetas dos comprimidos se abrindo e fechando, na água das torneiras saindo a toda pressão, no choro alto. Queria comunicar-se com sua igual, que o amor as unisse no medo e no espetáculo dos barulhos da noite da mãe.

Tomara que o palco caia, pensou Bárbara enquanto subia e as luzes engordavam suas pestanas.

Tomara que haja um terremoto.

Tomara que um vulcão entre em erupção.

Paula não sabia como soava uma mãe que sofria de insônia crônica e depressão. Tampouco sabia o que era se levantar no escuro e fazer as rótulas saltarem do corpo como sapos ósseos. "Mamãe está doente da cabeça", escreveu Bárbara num papel aos oito anos. "É como ter catapora, só que no cérebro." Das duas, era ela quem rastejava debaixo do lençol para se esconder do horror sonoro da mãe que não dormia, que se desesperava, que arrancava os cabelos e que, para poupá-las dessa visão, as trancava no quarto das camas de solteiro. E, quando ela cresceu e entendeu que não havia nenhum pai cabeça de mola saindo dos armários, mas apenas a insônia se enrugando detrás das paredes, o medo que a paralisava se transformou num medo mais calmo. Aguentava várias horas acordada ouvindo os sons, olhando para a cama de Paula que dormia como um urso, invejando sua paz, sua falta de medo. Nunca mais tentou se levantar no escuro porque suas rótulas pulavam com a lua, assim como as de sua mãe.

Às vezes, em meio aos roncos e golpes, Bárbara ouvia coisas indescritíveis que lhe diziam, sem palavras, que havia sido tocada pelo pior da família:

       a verdade, a face
       deformada do sangue.

O que ela procurava era uma fusão: "Mamãe soa à noite como as mulheres que morrem nos *slashers*", disse a Paula, e ela respondeu: "Vamos fazer soar". Procurava partilhar o peso dos sons, da violência que permanecia como eco reverberante em seu corpo, mas intuía que para os outros a sentirem tinham de ouvir a verdade, e não seu simulacro.

Ouvir o tamanho real de um grito.

       E que seu tamanho os
       quebrasse de dentro para fora.

Do palco, as duas observaram a cabeça de mais de cinquenta pessoas como templos nos quais cavalgar, cavidades esféricas habitadas pelo horror e pelo desejo. De acordo com a arqueologia sonora, a primeira coisa que um corpo ouve é o bater de seu próprio coração. Bárbara queria que Paula gritasse com ela os efeitos da insônia e da loucura, que fosse uma flor aberta ao medo para que pudessem viver as mesmas experiências. "Os ruídos e os silêncios violam o corpo", disse ela a Paula na noite anterior ao festival. "Temos de estar prontas para essa violação." As duas já haviam conversado sobre o assunto inúmeras vezes: cada ouvinte era uma gruta que demonstrava o que um som era capaz de fazer com a imaginação.

Certa vez, uma criança lhes disse: "A mamãe disse que seu pai é também o avô de vocês". Naquele dia, Bárbara chamou a mãe de "mana" na sala de jantar e a mãe lhe deu um tapa tão forte que fez seu nariz sangrar. O mundo estava cheio de coisas terríveis que poderiam ser invisíveis se você fechasse os olhos, mas as orelhas não tinham pálpebras. Ninguém na plateia poderia evitar ouvi-las e, se quisessem, teriam de correr.

Bárbara apertou um botão, e um ruído irreconhecível saiu dos alto-falantes. Traduziu as frequências em sua mente: *Soa como radiografias negras, cravos febris, redemoinhos musculares, o derretimento do Ártico sobre um monte de Vênus.*

Uma carniça bramante.

"Diga-me como soa", pedia sempre a irmã, menos agora, com a luz caindo sobre ela, o queixo em direção ao teto e os braços no ar, como se estivesse pendurada pelos pulsos.

Soa a abeto derrubado.
A montanhas que fedem.
A campos e planícies de costelas.

A Deus apodrecendo no mar.

A futuro.

– Que merda é essa?! – gritou alguém na plateia.

Havia ruídos que falavam de um tempo antigo da carne. Quando Bárbara ouvia estrondos ocos e repetidos, por exemplo, confundia-os com um crânio batendo contra a parede. Alguns rumores a devolviam para as portas riscadas dos quartos e banheiros de sua casa. Os rangidos e guinchos, até as gavetas com os comprimidos da mãe. Os gritos, os gemidos, os alaridos, até seu tremor interior. "Todo mundo que ouve, treme", disse certa vez o professor de música do colégio. "Os sons são sempre vibrações."

– Desliguem os alto-falantes, suas vacas!

Parte da plateia se contorcia, franzia o rosto, e outra bem maior se mantinha quieta, paralisada, como se mal conseguisse respirar. Ninguém entendia por que o barulho se tornava cada vez mais desesperado e selvagem. "Todo mundo que ouve, treme", repetia Bárbara quando ensaiavam e ela via sua gêmea se ajoelhar para tocar o chão e as paredes e sentir o que um som era capaz de fazer com a imaginação.

– Desliguem!

Mas mesmo que ela se ajoelhasse e sentisse o corpo suado da mãe, apenas uma das duas carregava consigo o território sonoro: aquele que não podia ser contemplado.

– Você está pronta? – perguntou-lhe, e Paula pareceu assustada pela primeira vez.

Lá embaixo, as pessoas que ainda não tinham ido embora ouviam, entre atraídas e encolhidas pelo desgosto, os sons pré-gravados que saltavam dos alto-falantes e que ora pareciam gritos, ora gemidos, ora pancadas, ora sombras de outro mundo.

Este era o seu público: aquele que queria ouvir o canto do indizível e se atirava ao mar.

Bárbara levantou um estilete e purificou-o com a chama de um isqueiro.

Este era o seu público: aquele que se abria para que o tamanho do grito entrasse.

E, tremendo, Paula
mostrou a língua.

Soroche

Viviana

Chamam de mal de ar, mal de altura, mal de montanha, mal de páramo, puna, soroche, mas sempre que te atinge querem te fazer mastigar coca, como se você fosse uma maldita alpaca, e eu não gosto disso. Acho nojento. Uma vez me deram um chá de coca e foi a coisa mais repugnante que já provei em toda a minha vida. Eu sei o que é estar muito alto, sabe? Já estive em La Paz, em Quito, em Cusco. Já viajei muito porque gosto de conhecer lugares novos e outras culturas. Viajo pelo menos duas vezes por ano, e não pra qualquer continente, mas pra países onde a situação é difícil. Eu não faço turismo chique, não senhor. Eu me jogo na aventura e às vezes isso tem consequências. Enfim, acho que você já ouviu antes como se sente se te der um soroche dos bons, mas mesmo assim vou te explicar, porque quero que você entenda que eu não podia ter feito nada, que eu mal conseguia ficar de pé, às vezes nem isso. Olha, parece que tem um fantasma dentro de você, como se estivesse cheio de um ar pesado e maligno, é por isso que é tão difícil respirar. No começo você não percebe, você simplesmente fica cansada e seu coração bate como uma locomotiva, sabe?, como se você estivesse correndo uma maratona. Isso dá pra aguentar, não é tão ruim. Mas depois, sim, fica feio: você fica tonta, sua cabeça dói, você vomita, treme. Ah, é muito feio! O campo visual vai se encolhendo, vai ficando uma passagem onde nenhuma luz entra. E, então, como é que eu ia fazer alguma coisa? Enquanto a gente subia a montanha, senti que o fantasma do ar me agarrava pelos ossos e me levava pro fundo da terra. Se você sabe como é o soroche, você entende na hora. Eu não podia ter feito nada naquelas circunstâncias. Nadica de nada.

Karina

A gente subiu aquele caminho longo e difícil. Queríamos viver a experiência completa. Não, obrigada, mas você tem água com gás? Se puder ser com uma rodela de limão, muito melhor. Obrigada, querido. Estava dizendo que a gente escolheu a trilha mais comprida, mas com plena consciência de que dava pra voltar antes do pôr do sol. Esse era o plano. E eu lembro perfeitamente que a gente decidiu assim, porque falei pras meninas que tinha que enviar um e-mail pro meu agente, algo sobre um contrato que estou quase assinando com uma editora muito importante. Obrigada, obrigada! Você já leu meu livro anterior? Que elogio! Sim, é dedicado ao Renato, meu falecido marido. Ele é e sempre vai ser o amor da minha vida. Perdão. Não se preocupe, tenho um lencinho. Espero que você não se importe com o grau de intimidade: chamo todo mundo de querido. Se te incomoda, pode me dizer, querido. A gente estava contente subindo a montanha e contando coisas umas pras outras. Fazia algum tempo que não viajávamos, ainda mais pra um lugar assim. Pra ser sincera, turismo hippie não é minha praia, mas eu queria passar um tempo com minhas amigas longe das responsabilidades, do trabalho, dos filhos, dos namorados, dos maridos, das fofocas... Bem, você me entende. Também planejamos pensando na Ana, é claro. A coitada estava péssima, e tinha razão de estar deprimida. Todas nós estávamos tentando animar ela, distrair ela, mas isso não significa que eu não tivesse razão. A ideia de fazer uma viagem foi minha. Sou eu que tenho as boas ideias, ha, ha! Claro, não escolhi o destino, pois se fosse por mim teríamos ido pra uma cidade mais moderna, talvez na Europa ou nos Estados Unidos, daquelas que têm livrarias que aparecem nas comédias românticas e shoppings famosos. Sou uma escritora que gosta das grandes cidades, da atividade cultural e da moda. Eu me visto muito bem, como você pode ver. Eu tenho a elegância da Chimamanda Ngozi Adichie, não acha? Como as mulheres negras são lindas hoje! Bom, eu dei um livro da Chimamanda pra Ana, um livro feminista, pra que ela superasse logo o lance do marido... desculpe, ex-marido, mas duvido que ela tenha lido. A Ana não é uma boa leitora, tem o miolo mole, a pobre. Foi por isso que o marido fez o que fez com ela: porque podia. Ninguém teria feito isso comigo.

Nicole

Sempre fomos melhores amigas. A gente se conheceu na escola, que é onde se constroem amizades verdadeiras, as de toda uma vida. Nossa escola foi e é uma das mais respeitadas, pra onde vão as filhas de gente do bem, trabalhadora, temente a Deus, que sabe progredir. Afinal, você convive com pessoas que têm os mesmos valores. Além disso, nossas famílias sempre foram próximas. Por exemplo, as mães da Vivi e da Kari jogavam tênis no mesmo clube, e meu pai e o da Anita eram advogados no mesmo escritório. Hoje a gente mora praticamente uma do lado da outra e nossos filhos são amigos próximos. Embora o Carlitos e o Juanito tenham brigado por uma menina, mas não é nada grave, coisas de adolescente. De qualquer forma, o que eu percebo é que somos inseparáveis: vamos à mesma igreja, organizamos reuniões pros vizinhos, fazemos aulas de zumba na academia do bairro. Como irmãs, pô. Isso não quer dizer que a gente não tenha nossas diferenças. A gente tinha e continua tendo, mas sabemos como lidar com elas. Se a maturidade nos traz alguma coisa, é perspectiva e paciência pra entender os defeitos das pessoas, pra assumir que, se queremos que Deus nos perdoe nossas ofensas, também temos que perdoar aqueles que nos ofendem. Não é que elas me ofenderam, em todo caso, é só um ditado. Na realidade, quase nunca discutimos por coisas importantes, só por bobagens. Pura bobagem. Você acaba se irritando de vez em quando com o que está por perto, isso é normal. Por exemplo, às vezes fico irritada com a maneira como a Kari assume o papel de líder, mesmo que ninguém precise ou peça pra ela. Ela tem uma personalidade, como eu posso dizer?, ditatorial. Ela se acha superior porque escreveu um livro sobre feminismo católico que, aliás, tem questões confusas, como o que devemos fazer a respeito das lésbicas. Ela é uma mulher muito inteligente, disso ninguém duvida, mas existem virtudes melhores, como coerência e humildade, coisas que ela não põe em prática. A Vivi também é metida, sim, mesmo que seja por outros motivos. Ela é obcecada por *fitness* e tem uma maneira de dizer às pessoas que estão mal sem realmente falar nada, apenas com os olhos. Acho um horror que ela saia por aí julgando o corpo dos outros com tanta dureza, especialmente quando ela mesma não estaria tão bem se não fosse o dinheiro do marido. É segredo, ela iria me matar se soubesse que estou dizendo isso por aí, mas ela já fez mais de cinco operações, e não por causa da saúde, exatamente. Admito que tenha ficado maravilhosa, sim, mas quando era criança ela era uma tábua na frente e atrás. Não tinha graça, parecia um menino. O que estou tentando dizer é que é normal que um dia sim, um dia não, você sinta vontade de matar alguém que você ama. Já fiquei com tanta raiva em certos momentos que podia ter cuspido na cara da Karina. Já imaginou? Ela que sempre olha pros outros com ar de superior. Sim, um bom cuspe no meio do seu enorme nariz de escritora, pô. E a Vivi? Uma vez imaginei que os implantes dela estouravam. Não me entenda mal, eu adoro as duas, mas é claro que Deus ainda tem lições pra ensinar pra elas. Por exemplo, o que aconteceu com a Anita não passou de uma prova divina. O pecado dela sempre foi o orgulho: se achava a melhor esposa, a melhor mãe, a melhor amiga, a melhor cristã. Além disso, ela era a única do grupo que nunca tinha tido uma decepção amorosa. Não que eu me regozije com seu sofrimento, mas talvez ela precisasse daquele banho de humildade, daquela experiência dolorosa da qual todas saímos renovadas e fortalecidas. Existem pessoas pra quem a tragédia é conveniente, sim. Por exemplo, eu amo mais a Anita agora, depois do que o ex fez com ela. Sinto compaixão por ela, sinto pena. Mesmo com o que aconteceu na montanha. Sim, acho que sim. A dor une as pessoas, e a gente está mais unida do que nunca.

Ana

Eu também tinha soroche, mas não foi isso que me fez pular. Você sabe do que estou falando porque viu o vídeo, não se faça de tonto. Percebo isso no seu rosto, menino, na forma como você me olha: com nojo, com vergonha. Desde que você chegou, não parou de olhar pros meus peitos. Acha que eu não sei como são meus seios? Provavelmente eu assisti ao vídeo mais vezes do que você e mais do que qualquer outra pessoa. De novo e de novo, chorando, gritando, puxando os cabelos. Sei muito bem como estou. Sei o que todo mundo que viu pensa: que eu sou uma velha gorda e nojenta. É o que eles pensam: que eu sou uma vaca com úberes caídos e grotescos. Uma vaca nojenta que muge. Muuu.

Viviana

Precisa ser muito cretino pra fazer uma coisa dessas com a Anita. Muito porco. Vi o vídeo e pensei: coitada da Anita! A verdade é a verdade, e a verdade é que ela aparece gordíssima, como uma morsa, eca! Muito feia, coitada. Não pense que ela estava deprimida pelo divórcio, não foi por causa disso, mas porque todos nós pudemos ver suas tetas aguadas, murchas e caídas, seus mamilos gigantescos, sua celulite, suas varizes, a maneira horrível como sua gordura se mexia enquanto, você sabe, sabe?, como fazendo ondas. É um pouco engraçado, mas só um pouco. Lembro de uns detalhes tão nojentos que é melhor nem contar. Enfim, era isso que a Ana tinha tanta dificuldade de suportar. Foi isso e nada mais que deixou ela deprimida. A gente ficou muito triste, então planejamos a viagem. Queríamos que ela mudasse de mentalidade, que visse os aspectos positivos da questão. Mesmo assim, eu entendo a Anita, sabe? Se as pessoas tivessem me visto assim, eu teria morrido. Claro que é diferente porque meu corpo está *fit*, mas imagino como foi pra ela e fico toda arrepiada. Conheço a Anita e sei que ela não parava de pensar no vídeo. A coitada não queria sair de casa, não queria nem ficar com os filhos. Eu falei: "Anita, não é nada, se você quiser a gente vai mais dias por semana pra academia e eu te treino e te deixo nos trinques", mas ela nunca respondeu. Esse é um dos seus grandes defeitos: a preguiça. Eu venho dizendo pra ela faz anos que ela precisa de uma rotina especial de exercícios pra perder peso e tonificar os músculos, sabe?, pro bem dela. Se ela tivesse me ouvido, pelo menos iria ter saído diferente no vídeo. Pelo menos iria ter ficado bonita, que é o que importa.

Karina

É verdade que a Ana falava muito pouco, que chorava à noite e que durante o dia ficava com o olhar perdido, que não comia nem ria das nossas piadas, que se trancava por muito tempo no banheiro. Mas, querido, a gente também não sabia que ela estava passando por um momento tão difícil. Como é que a gente iria saber? Não estamos dentro da cabeça dela e não somos psicólogas. Sem dúvida era um momento delicado pra ela, então dissemos que as pessoas iam esquecer o vídeo, mesmo que não fosse verdade. As pessoas do nosso círculo não se esquecem desse tipo de coisa. A Ana vai conseguir retomar sua vida normal, é claro, e ninguém vai deixar de falar com ela nem nada. Ela vai continuar como vice-presidente da comissão de bairro e diretora do coral da igreja. Ela vai continuar sendo convidada pras festas e reuniões, ninguém vai tirar o espaço ou o lugar dela na sociedade. Quero dizer que, pelo menos na aparência, tudo vai permanecer como antes. O problema, querido, é que a Ana sabe, e a gente também sabe, que ninguém mais vai olhar pra ela do mesmo jeito. Ninguém vai respeitar ou acreditar na imagem que ela vendeu de si mesma. É muito tarde, a gente já viu sua verdade. A partir de agora vão ter pena dela, na melhor das hipóteses, e isso é terrível pra uma mulher. Eu tenho pena dela. Sugeri que viajássemos juntas por pena dela, ou, como diz a Nicole, por comiseração. Insisto que a Ana concordou desde o início. Bom, a gente chegou num um hotel agradável, passeou pelo centro histórico e jantou num restaurante típico da cidade. A altura cansou logo, mas nada do outro mundo. Na manhã seguinte, levantamos cedo porque, de acordo com o plano da Viviana, era o que a gente tinha que fazer. Ela decidiu que a vista merecia que a gente subisse um pouco a montanha. "Vamos fazer *hiking*!", disse. Se tivesse me perguntado, eu iria ter escolhido um prédio alto com elevador, ha! Explorar de saltos altos está muito *in*. A Viviana sempre se gaba da condição física, faz parte da personalidade dela. Não sei o que ela vai fazer quando perceber que não é mais uma garotinha e que todos nós percebemos os consertinhos que ela faz. Bom, subimos a montanha jogando conversa fora, falando do instrutor de zumba, de decoração, dos nossos filhos, das festas que viriam e, acima de tudo, evitando o assunto do vídeo, mas o assunto estava lá, assim como o soroche. Como eu disse antes, todas nós ficamos um pouco estranhas por causa da altura, mas estávamos bem. Querido, eu sei que a Viviana diz que achou que iria morrer, mas não é verdade. Ela estava animada com a excursão. Foi depois, na montanha, que todas nós passamos mal. Pegamos a trilha e apreciamos a paisagem, que era linda, que nem a que descrevo no meu livro.

E olhe que eu nunca tinha estado numa montanha, mas tenho uma imaginação fértil. Confesso que já pensei em escrever sobre o que aconteceu com a Ana. Um romance, talvez, com uma personagem inspirada nela... Acho que eu iria saber transmitir a angústia e o mal-estar dela porque, e isto qualquer um que me conhece pode dizer, sou tremendamente empática. É uma das minhas características mais fortes. Bem, enquanto a gente subia, percebemos que estávamos numa altitude considerável, e foi quando alguém disse, acho que a Nicole, que estava se sentindo estranha. É possível que a Viviana também estivesse se sentindo mal, mas, como queria mostrar sua resistência e sua condição física, não contou pra gente. Eu, do contrário, disse que sentia a cabeça pesada e os braços moles. Ainda assim a gente continuou andando, não sei por quê. Acho que pela Ana e pra dar sentido a uma hora de subida íngreme. Tenho certeza de que ela também tinha soroche e foi por isso que ela viu o que viu. Não é que a Ana tenha enlouquecido, mas ela enlouqueceu por um instante. Coisas assim acontecem: a tristeza e a falta de oxigênio podem turvar o pensamento. A gente não pode julgar a Ana: foi a altura. Viu, querido? Meu nome é empatia.

Nicole

Isso não se faz com uma mulher da nossa idade. Os homens postam vídeos das suas parceiras quando estão na casa dos vinte, trinta. Se te fazem isso quando você é jovem, é humilhante, sim, mas a vida continua, pô. Por outro lado, na nossa idade, já estamos descendo dignamente a ladeira. Sempre me disseram: "Não faça o que você teria vergonha de ser vista fazendo". São palavras sábias. Espero que a Anita aprenda com essa provação, sim. Deus sabe o que está fazendo e nunca dá mais do que a gente pode suportar. Amém.

Ana

Em que eu estava pensando enquanto subíamos a montanha, garoto? Pensava em mim com as pernas abertas na cama. Nas minhas coxas grossas, enrugadas, com platôs e afundamentos de casca de laranja. Nas minhas veias azuis, vermelhas e verdes inchadas como vermes do mar. Nos meus dedos fazendo círculos no clitóris me achando sexy quando claramente, obviamente, rotundamente, eu não sou. Nos meus úberes roxos. Na minha língua de buldogue retardado. Nos meus lábios vaginais escuros, grandes e decadentes. Em como ele me gira e a câmera cai num canto e se vê apenas minhas tetas como duas berinjelas se decompondo. Penso nos meus mugidos, muuu. Na minha expressão bovina. Nos pelos pretos e grossos que recobrem minha barriga flácida. Na expressão patética que faço quando me acho sexy. Na cicatriz da cesárea como uma centopeia me marcando de um lado a outro. No meu corpo de lutador de sumô, de elefante, de foca, se agitando de forma nauseabunda, ridícula, repugnante. Em como ele pega a câmera e foca meu ânus com hemorroidas e enfia o dedo em mim e eu sangro e faço cocô. Na voz que ele faz quando me diz "você é uma puta asquerosa", "puta, puta, puta, puta, puta", "vou vomitar em você que é tão fedida", "puta imunda", "puta cagona". Em como eu mujo, muuu. Na minha bunda amassada. Nos movimentos ridículos que faço quando me acho sexy. Em que eu sou, sem dúvida, a pessoa mais nauseante do planeta. Na cara das minhas amigas me vendo. Na cara dos meus filhos me vendo. Na cara dos meus vizinhos e conhecidos me vendo. Na náusea que certamente todos sentiram quando me viram. No meu corpo infecto, indigesto, repelente, repulsivo, acreditando-me sexy. Em como é patético e triste o som da minha gordura batendo contra o corpo firme e atlético dele. Na pele marrom-escura da parte de dentro das minhas coxas. Na verruga nas minhas costas. Em quão intoleravelmente obesa eu pareço, especialmente no plano zenital. Na unha mal cortada do meu dedo mindinho. Nos calos amarelados dos meus calcanhares. Nas minhas rugas de hiena. Em quão patético e triste é o som da gordura do meu monte de vênus se chocando contra o abdômen dele. Nas minhas axilas sem depilar. Na minha pele de tatu, de peixe-boi, de tartaruga, de rato, de jacaré, de anta, de barata. Em que ele não ejacula e perde a ereção. Em que é lógico que ele perca a ereção. Em que é um milagre que ele tenha ficado duro, em primeiro lugar. Nos meus cotovelos ressecados que com a luz do quarto parecem ter psoríase. Em que o plano zenital não só me faz parecer intoleravelmente obesa, mas também mostra a calvície incipiente, mas inescapável, do topo da minha cabeça, pálido, brilhante, como um joelho velho. Em que tenho tetas nas costas de tanta gordura acumulada e dependurada. Nos pelos que despontam ao redor dos meus mamilos. Em que transpiro como uma porca e meu suor cai no lençol e no meu corpo de rinoceronte-africano. Na ânsia de vômito que eu sinto ao ver tanto suor e o tom amarelado que deixa no travesseiro. Em que eu não sou apenas feia, mas nojenta, repulsiva, nauseabunda, hipopotâmica. Na mancha de sangue e excrementos que permanece no edredom e que é vista em quase todas as tomadas. Nos pneus que tenho até no pescoço. Na baba fedorenta que eu solto na cama e que me faz parecer mais do que nunca um buldogue. Em que percebo que depois do vídeo as pessoas me olham com nojo, embora disfarcem pra não ferir meus sentimentos. Em que o fato de disfarçarem pra não ferir meus sentimentos fere meus sentimentos. Em que não estou cercada de amor, mas de tristeza. Na enorme papada que engole completamente meu queixo. Em que não sou mais jovem nem bonita, e que ninguém nunca mais vai me desejar porque desejo é algo que só a beleza inspira, e a beleza é jovem e eu não sou mais jovem nem bonita, mas um gorila, uma orca, um bisão. Em como é horrível ser tão horrível e ainda estar tão viva e existir no meio da beleza absoluta, pra todo o sempre, esperando que alguém deseje o indesejável, pra sempre e pra sempre esperando que alguém queira meu corpo e com seu amor o torne belo. No tamanho e na cor das minhas hemorroidas. No meu umbigo que dobra e fecha por causa da gordura na minha barriga. Na minha ausência de cintura. Na queimadura do meu pé. Nas enormes asas de gordura do meu braço. Em como eu seguro minhas pernas e as abro tanto que se pode ver claramente que ele enfia o punho na minha xoxota e o ar entra e soa como um peido. Em quão longos os dois minutos e trinta e sete segundos de vídeo podem ser. No tamanho e na cor do meu clitóris. Em que nunca mais vou receber ou dar um beijo apaixonado. Na minha língua de lesma se arqueando. No jeito que eu peço pra ele me abraçar e ele não me abraça. Em que ninguém nunca mais vai me abraçar nua. Em como eu cerro os dentes fingindo um orgasmo que só eu imagino e que não me chega. Em como meu rosto está deformado e monstruoso quando eu finjo isso. Em como é patético que eu tenha pensado, a vida toda, que eu gemia, e não mugia. Na crueldade do tempo. Em que quando o vídeo acaba, a imagem que fica é a dos meus olhos brancos. No amor e na feiura. Em que a feiura sempre vence.

Viviana

Não vi quando a Ana tirou as calças. O que eu vi foi o rosto desconcertado da Nicole e foi por isso que me virei e a peguei de cócoras, urinando. Assim, sem mais nem menos. Incrível! Você não sabe, mas isso é algo que nenhuma de nós tinha feito na frente da outra, muito menos ao ar livre, como animais. Ficamos atordoadas, não podíamos acreditar. E depois do vídeo… era surreal. Não sabíamos como reagir ou o que fazer. Alguém riu meio sem graça, eu acho, talvez tenha sido eu. A gente falou: "Anita, por favor", mas ela nem estava olhando pra nós, sabe?, estava como se estivesse no seu próprio universo, galáxias muito distantes. Foi um momento estranho, porque estava ventando e seu xixi voou um pouco na direção da Karina e a coitada teve que pular pra que a Anita não mijasse em cima dela. Na hora percebemos que algo estava acontecendo com ela, mas tínhamos soroche e sabíamos que se andássemos mais um pouco chegaríamos no refúgio pra mascar coca ou algo assim, alpaca *style*. Não fazia sentido a gente descer, por mais tontas que estivéssemos. Enfim, eu queria fazer como a Kari e a Nicole que viraram pra dar privacidade pra Anita, sabe? Mas aconteceu alguma coisa comigo, não sei o quê, talvez a altura, e eu não conseguia parar de olhar pra bunda dela. Se você viu o vídeo, sabe como é feia. Tentei pensar na rotina de exercícios que eu iria propor pra levantar aquelas nádegas flácidas e quadradas, sabe?, em coisas boas pra ela, e não em manchas ou na celulite. Aí me deu coragem: eu me perguntei por que a Ana estava fazendo aquilo, urinando assim, como um leitão. Por que não se cuidava? Por que se permitira ser filmada? Por que ela sempre queria ser a vítima e causar pena em vez de fazer alguma coisa por si mesma? Por que ela não resolvia seus problemas em vez de chafurdar nas dificuldades? Não pense mal, na verdade, mas por alguns segundos eu entendi o ex-marido dela. Foi só por alguns segundos, sabe?, e depois passou.

Karina

Tenho pensado muito, nos últimos dias, sobre por que me virei pra não ver a Ana fazendo xixi. Querido, sou daqueles que querem entender até o menor motivo do seu próprio comportamento. Quero me conhecer melhor do que ninguém: saber de onde vêm meus impulsos primários, que parte selvagem de mim age antes da minha vontade. A mente é mais veloz que o pensamento consciente, é por isto que escrevo: pra enredar o pensamento. Parece bom, não é? Já disse isso em algumas entrevistas. Fosse o que fosse, eu me virei, desconfortável, e dei as costas pra Ana, mas por que o desconforto? Na Nicole, que é carola como é, foi uma reação compreensível. Em mim, por outro lado, absolutamente inesperada. Vou falar a verdade porque temos confiança um no outro: não foi por pudor, mas por rejeição. O vídeo estava muito fresco na minha cabeça e eu não queria ver o corpo da Ana. É horrível que eu diga isso, eu sei: as emoções humanas são horríveis na maioria das vezes. Estava nauseada, a ponto de vomitar, e tinha pouca vontade de trocar a visão de uma paisagem tão bela como a da montanha por uma desagradável e grosseira. Eu não queria ver o corpo da Ana, essa é a verdade. Acho que ela sabia disso e estava testando a gente. Todas nós falhamos, é claro. Me dá uma tragada? Obrigada, querido. A trilha estava vazia, durante a subida não encontramos uma única alma a não ser naqueles breves segundos em que vi um índio ao longe, mais acima, nos olhando com um poncho vermelho e um bastão de madeira. Vou te contar agora porque, quando a Ana saiu correndo, o índio também fez isso, e foi como se os dois fossem a mesma pessoa, só que em lugares diferentes da serra. Vai parecer loucura pra você, mas eu quase posso jurar que vi o índio correndo de costas. Meu sangue congelou. Tudo isso eu vi no fim, claro, e não pude fazer mais nada. Talvez tenha sido o soroche. Bom, o que quero dizer é que falhamos com a Ana porque mais uma vez fizemos ela se sentir mal consigo mesma e com seu corpo. Estava fazendo xixi, também não era uma coisa assustadora. Reagimos mal. Sinto-me culpada por ter me virado e por ter cedido àquela emoção indigna da afeição que tenho por ela. Até porque, se eu não tivesse virado, poderia ter conseguido detê-la, mas como virei as costas pra ela só vi o fim, quando a Ana e o índio pularam. Um condor? Quem te disse isso, querido?

Nicole

Não gosto de mentir, nunca faço isso. A verdade é meu guia, então pode confiar no que eu te digo: a Kari está mentindo.

E não sei por quê, se não há necessidade. Tudo o que aconteceu foi muito triste, muito triste, mas é óbvio que a culpa não foi nossa. E, se a gente tivesse que apontar um culpado, ia ser o ex da Anita, não nós, pô. É um alívio que ela agora esteja sã e salva com sua família. Vamos quase todos os dias ver a Ana e na igreja temos orado muito pela sua recuperação porque, apesar de tudo, ela é nossa irmã, e certamente Deus na sua infinita misericórdia a perdoará. Rezo pra que assim seja! Amém. A questão é que eu queria dizer outra coisa, mas a Kari está mentindo: ela não se virou como diz e não tinha índio nenhum. É difícil explicar assim, olha, vou desenhar neste guardanapo. Estávamos assim: eu aqui, a Anita aqui, a Vivi aqui e a Kari aqui. Tá vendo? Mesmo virando as costas pra Anita, eu conseguia ver as outras perfeitamente. Fui a única que se virou. A Vivi acredita que a Kari se virou comigo porque viu que ela fugia de algumas gotas de xixi que o vento estava levando pra cima dela, mas ela não fez isso, apenas se mexeu até aqui e a Vivi não conseguiu mais ver a Kari. Por isso, as duas devem ter visto a Ana levantar as calças e correr em direção ao precipício. Ouvi gritos, nada mais. Quando me virei, não havia sinal da Anita e os rostos da Vivi e da Kari eram puro horror. Fiquei constrangida com a situação. Vergonha alheia, pô. Fazer algo assim na frente das suas amigas! E depois pavor, sim, porque eu achava que a Anita tinha se matado. Nosso Deusinho jamais a teria perdoado! Se você me perguntar, acho que a Kari inventou a coisa do índio pra justificar que ela ficou parada do lado da Vivi em vez de segurar a Ana. O que eu vi, sim, foi um condor, mas apenas por uns segundos. Bela criatura. Tétrica, mas linda.

Ana

Me escute bem, menino, porque só vou falar uma vez. Eu estava mijando nas pedras como um animal de brejo porque é o que eu sou, uma criatura que urina em cima do belo. Elas estavam falando da Angelina Jolie, de como ela era linda e como hoje está acabada, de como é triste ter sido perfeita e depois deixar de ser, como uma rosa murchando, como um riacho que seca, de como a perfeição é frágil, da brevidade da juventude, de como os lábios carnudos podem se tornar duas pimentas enrugadas, da silhueta esquelética que tomou seu corpo outrora voluptuoso, antes desejado, antes amado, e senti ódio. Sim, um ódio muito profundo de cada uma delas, dos seus estúpidos assuntos de conversa, das suas reflexões de meia-tigela, por terem pena de mim e me levarem numa viagem por causa disso, mas sobretudo por mim. Eu me odiei com clareza e transparência. Com honestidade raivosa. Então baixei as calças e urinei como um cachorro que é levado pra passear, por que não?, se pra elas eu sou um animal de estimação. Também senti ódio pela beleza das nuvens e pelo verde da montanha, das flores e da cidade lá embaixo, e soube que meu papel naquela paisagem era mijar até a morte. Entendeu? Porque a beleza é minha inimiga. E eu chorei, mas de ódio extremo. Chorei pela cordilheira e pelas costas puritanas da Nicole e pelos olhares condescendentes e nauseados da Viviana e da Karina. E assim, com meu traseiro recebendo o vento da montanha, assumi pela primeira vez a real condição da minha existência... Rapaz, não sei se você sabe que isso só acontece uma vez na vida. É uma revelação tão triste que a mente torna ela breve, embora em mim tenha durado muito tempo. Quando você está no topo, você acha que ver bem será difícil, mas não é verdade. Você vê claramente o que você é e o que os outros são, que tudo abaixo é pequeno e miserável e é dali que você vem. Esse é o verdadeiro mal de altura. É isso que te faz correr. Você também vê o impossível, que não importa se é real ou uma alucinação: um índio se transformando num condor gigante que escurece o dia, e você lembra da lenda. Você lembra que um condor escolhe o momento da sua morte. Que quando se sente velho, acabado, sem parceiro, se atira da montanha mais alta em direção às rochas. Um condor com soroche. E eu sabia, enquanto assistia à metamorfose do índio, que morrer depois de urinar sobre o futuro poderia ser meu último ato de dignidade. Então fui lá e fiz, garoto. Abri as asas e fracassei.

Terremoto

"Amar é tremer", disse Luciana.

"Então a terra nos ama demais", respondi enquanto o céu se tornava cinza e oval e sugava toda a luz.

A lava incendiou o oceano.

Foi assim que comecei a medir o tempo, de acordo com os batimentos de Luciana.

"Isso é viver entre vulcões", dizia ela, deixando-me ouvir seu coração de manada. "Isso é respirar na boca da morte."

Amar e morrer.

Avançar sobre as rachaduras das pontes que se rompem.

Houve um tempo em que o chão não se movia. Depois veio o terremoto-mãe e Luciana abriu as pernas dentro da minha sombra. Houve muitos outros antes, mas nenhum como esse: o apocalíptico, aquele que nos fez desaparecer no interior do planeta, que ardia como a língua da minha irmã sobre minha pélvis.

Brincávamos de encontrar as diferenças entre o nome dela e o meu.

Lu-ci-a-na.

Lu-cre-ci-a.

Juntávamos os dedos na escuridão para cultivar uma lembrança do fogo líquido da nossa carne.

Refugiávamo-nos entre os condores.

Escondíamo-nos do sangue dos que vagavam se esquivando dos cavalos.

Luciana tinha medo do escuro sem teto, então media a altura das nossas paredes com suas tranças. A casa poderia ter caído, desabado com o som rouco e pedregoso da terra, mas ela dizia que morrer esmagadas pelo lar era melhor do que sobreviver sem abrigo, que morrer com nossos sangues indistintos, vermelhos como a lua, misturados entre os alicerces, era poético.

"Você viu como está machucada?", disse, me acariciando com os nós dos dedos.

As erupções vulcânicas pintaram o sol de um amarelo doentio.

                              Amarelo esverdeado.

                              Amarelo pus.

Mas nossa casa era uma pedra onde as cores não importavam. O terremoto destruiu a cidade e a povoou com sapatos solitários e carniça. As pessoas abandonaram seus abrigos, saíram correndo, esquivando-se de cavalos e condores, deixaram seus prédios, suas casas, suas cavernas, porque não queriam morrer esmagadas. "O céu é a única coisa que não pode cair!", gritavam, cavoucando a cidade em ruínas.

Ergueram barracas nas calçadas.

Engoliram as crianças e os idosos arrotando uma névoa empoeirada.

"O medo nos torna estúpidos", eu sussurrava para Luciana quando fazíamos amor em meio à catástrofe.

                       "Morrer agora seria perfeito",
                          dizia ela, ofegante.

Sua língua era comprida como uma corda que eu gostaria de pular.

Sua língua era uma corda que me amarrava a todos os cantos da casa que nunca caía.

"Amar é tremer", pronunciava Luciana, para que eu escutasse suas palavras. Ela queria uma morte perfeita, mas nossa casa era um templo que guardava zelosamente a história do que não cai.

"Isso é o que nos mata", eu disse uma noite. "Essa forma absurda que a gente tem de resistir."

As pessoas preferiam a escuridão, a lava, as pernas abertas da terra a se aproximar de uma casa que não sabia como cair.

Lá fora, os gritos eram mais fracos do que qualquer um de meus gemidos.

Luciana contava as rachaduras com os olhos fechados e tinha pesadelos com os ouvidos abertos. Os condores eram o único sopro de Deus se estrelando contra o fogo incessante dos vulcões. Juntas, nós os víamos limpar os corpos que a terra não conseguia mastigar e nos abraçávamos para nos dar calor.

Havia ossos maiores que as pernas de Luciana. Ela as abria dentro da minha sombra e exigia que eu a tocasse onde era proibido. "Você anda sobre mim como um morto sem sexo", dizia, e então me perguntava: "Você gosta do sabor do sangue?"

"Gosto. Tem gosto de linguagem", eu respondia.

Do lado de fora, os homens e as mulheres se afastavam da nossa casa como uma abominação. "Mana, maninha minha: por favor, feche as pernas dentro da minha sombra", pedia-lhe à tarde, mas Luciana queria que eu jogasse seu cadáver nos estábulos, onde um cavalo jamais pisaria num morto.

"Quero parecer aquele morto em quem cavalos selvagens da sua testa não pisarão", disse na noite em que pulei sua corda e saí da cama como uma afogada.

Na noite em que molhei os corredores acariciando as paredes e suas rachaduras.

Na noite em que soube que tragar cinzas era melhor que me refugiar numa abominação.

Foi o que lhe disse antes de pular sua corda e sair da cama como uma afogada: "É melhor ser alimento para condores do que viver dentro desta abominação".

Seu interior cavou minha tumba, semelhante a um incêndio debaixo d'água.

"Não existe morte perfeita, só a morte", ela me disse, chorando de beleza.

E saí para deixar o céu
cair sobre mim.

O mundo de cima e
o mundo de baixo

*Como à praia a maré, devias me ultrapassar,
mas tua morte crescia mais rápido que meu amor,
delicado espinho de ouriço.*

Pedra 1
O conjuro

Esta escritura é um conjuro.

Escrevo o segundo nascimento de minha filha com a água fresca de minhas palavras. Sou um pai criador de consciência, forjador de erros cósmicos. Não tenho medo no alto páramo, apenas desejo.

Quando minha esposa estava viva, pronunciava ao sol: "Deus não se importa com que os pássaros cantem o futuro". Não o incomoda que um condor paire sobre os vulcões e traga consigo a noite das penas.

"Deus é grande e entende nossa fome."

É por isso que um xamã desossa as palavras adormecidas à sombra das montanhas. Ele conhece a musculatura do verbo, a descrição do universo como uma selva interior emaranhada. Ele é pai e fala com a natureza. Pronuncia o idioma dos animais. Ele poupa suas vidas e as tira com igual respeito.

Um xamã não é Deus, mas se assemelha a Ele.

No meio das macelas-do-campo, percebo a divindade das pedras brancas. Escrevo sobre elas como se desenhasse um porvir. Mais à frente, resguardando-se do sol, uma chama mastiga flores para a tumba de Gabriela. Não tenho medo no alto páramo, mas temerei. Sou um pai, como Deus, e um pequeno xamã diante do sagrado.

Esta escritura é um conjuro entretecido nas profundezas da terra. Um desafio lançado ao estômago da minha dor. "Faz renascer Gabriela", me disse a voz antiga das rochas. "Porque tu formaste as entranhas dela e a fizeste no ventre da sua mãe." Chorei muitas noites sobre os olhos abertos de minha filha. Muitas manhãs na boca aberta de sua mãe. "A paternidade me pesa", respondi àquela voz antiga. "Vi minha filha nascer e morrer. Enterrei-a com minhas próprias mãos. Agora minha esposa morreu e seu cadáver permanece em casa."

"Faz tua filha renascer, *Kay Pacha*", sussurrou o vento.

Escrevo cegado pelas lágrimas no túmulo de Gabriela. Eu sou o homem-puma. O homem-lobo. Essas frases são do tamanho de minha respiração. Um conjuro que faz reviver um morto exige uma escrita cardíaca: palavras que saiam do corpo para entrar em outro e transformá-lo.

A magia é uma encarnação: um canto que une o mundo de cima e o mundo de baixo para renascer Gabriela.

      Essas palavras são a semente.

Pedra II
E a mãe disse: "Que reviva em meu corpo"

Em minha terra é verão todos os dias, inverno todas as noites. De manhã transpiro junto à porta fechada de meu quarto, mas quando o sol se põe eu tremo.

O frio é uma aranha que tece sobre a pele desprotegida dos homens.

Minha esposa se apagou vinte e cinco dias depois de nossa filha. Enquanto agonizava, ela segurou minha mão dentro da sua, uma garra de águia cortando minha carne. "Guarda meu corpo do vento e da neve, *Hanan Pacha*", disse ela, com os lábios como o páramo. "Enche minha boca com as cinzas do vulcão, cobre minha pele com rabos de cavalo e folhas de chuquiraga, põe na minha mão esquerda um beija-flor e conjura o renascimento de Gabriela."

Assim o fiz, porque esse era o desejo de minha esposa e o meu. Eu a protegi das enfermidades e da neve. Enchi sua boca com as densas cinzas do vulcão. Cobri a pele dela com crinas de cavalo e folhas de chuquiraga. Coloquei um beija-flor na sua mão direita. Deixei-a repousando em nossa cama e fechei a porta.

Já se passaram quarenta dias e trinta e nove noites desde a última vez que entrei em nosso quarto.

O frio é uma aranha escura que foge ao amanhecer. Quando o sol nasce, minha pele transpira. Saio de casa e caminho cinquenta metros até a tumba de Gabriela. A cada passo lembro-me dela viva, pequena, com as mãos do tamanho de uma orelha de veado.

Minha filha pelo de raposa.

Minha filha dentes de pederneira.

Chorei sem palavras sobre seus olhos abertos, com o peito destroçado, minúsculo diante da imensidão das montanhas. "Essa dor é impossível", disse minha esposa na ocasião, enquanto beijava o pé congelado de minha filha. "Vou morrer também, não há outra maneira."

Os pássaros cantaram isso em seu voo alto. Os índios gritaram com seus olhares enlameados:

Invasores. Terra-tenentes que brincam de andinidade.

"Esses selvagens lançaram um mau-olhado na nossa bebê", disse minha esposa, mordendo os joelhos. "Tiraram Gabriela da gente. Arrebataram-na da gente." Ela cortava o cabelo e o punha no túmulo de Gabriela como flores. Dobrava as roupas de minha menina e afundava nelas. "Não existe uma dor tão grande. Vou morrer, é o natural."

Ao longe, os índios da aldeia olharam desconfiados para nossa casa.

Eu sou o homem-puma. O homem-lobo. Escrevo nas pedras brancas que recobrem o corpo de minha filha. Rompo a lei natural: impeço que seu espírito alcance o mundo dos mortos. Eu me rebelo contra os deuses porque fui despojado, e não há nada mais miserável do que um homem despojado.

Os animais me lembram: um xamã deve respeitar o ciclo da vida, honrar a morte. Mas renascer Gabriela era o desejo de minha esposa e o meu.

Senhor, perdoai esta profanação.
Tende piedade de minha fome.

Os índios me olham como urubus à espera de carniça. Há dois meses, um condor atravessou o amplo céu e trouxe a noite da morte de Gabriela. Penas negras cobriram o páramo, penas como tições, e eu disse ao nada com os joelhos sangrando no chão: "Não é normal um pai sobreviver à filha. Não é lógico que um grão de areia pese o mesmo que uma pena". Tanta fortaleza é apenas privilégio dos deuses. Por outro lado, nós, homens e mulheres de carne e osso, sabemos que não há força na perda, mas derrota.

Este ulular nas costelas é meu grito: uma solidão que pede para ser nomeada no deserto. É por isso que escrevo

palavras como a água, que alimentem Gabriela. Porque eu te enterrei, minha filha, igual a uma semente de árvore.
Cercado de escuridão, busco o sol contigo.

Pedra III
A espera

Respiro junto à porta fechada do cômodo. Sinto um cheiro doce, como favo de mel. É o aroma do mundo de cima, mas também do mistério que exploro na brancura das pedras.
Do outro lado da porta, os pulmões rejuvenescem.
Um útero.
Um coração.
Às vezes, olho pelo buraco da fechadura e vejo o corpo seco de minha esposa sobre a cama, cada dia mais jovem, como se a morte estivesse retrocedendo.
Não me lembro da última vez que senti tanto amor.

Pedra IV
A noite das penas

Em minha terra é verão todos os dias, inverno todas as noites. Mas na noite em que Gabriela morreu estava quente, e os índios saíram de suas ocas para cercar nossa terra.
Invasores, chamaram-nos. Terra-tenentes que brincam de andinidade.
Desenho nas pedras brancas. Dou nome à morte porque uma palavra é como um vulcão que mantém a alta temperatura da terra. Essa escrita extática e mineral

une o mundo de cima e o de baixo num único canto ressuscitador.

Um canto da aridez, do silêncio que fica atrás do vazio.

Naquela noite, um condor soltou suas penas no páramo seco. Foi um presságio, mas não quisemos ver. Os animais fugiram com o curandeiro. Olhei para a cara do terror na poeira. Minha filha suou no catre e seus olhos se voltaram para o fundo dela. Beijei seus noventa centímetros de pele pálida. Cantei a música da Mama Quilla. Prometi a ela que cavalgaríamos juntos até o vulcão e o subiríamos para que ela conhecesse a verdadeira altura das nuvens.

Um fio de sangue caiu de seu queixo ao peito. Um rio quieto e despido de peixes.

Dos morros, chegaram até mim as vozes roucas dos índios: "Não és um xamã, mas um homem". Um homem magro, imoderado, que não consegue se sustentar. Ao amanhecer, enquanto minha esposa pressionava o pé frio de minha filha contra seu rosto como se fosse um coração, entrei em transe: fui uma águia, um veado, uma alpaca, mas nenhuma criatura terrestre pôde levar embora minha solidão.

Estou sozinho, então soube, e a terra é estéril.

Agora caminho descalço no negrume. Ouço o grito do vento. Tento perceber o sagrado e me abraço, louco de dor, quando percebo que já é impossível.

Para alguns, a morte é líquida como a chuva. Para outros, sólida como uma rocha. Sei que o som de línguas longas e pequeninas é o espírito de Gabriela subindo sobre o cadáver de sua mãe. A semente da árvore que se rompe para me presentear com uma nova filha.

Uma filha que me perdoe.

                        Uma segunda oportunidade.

Do fundo dos ossos de minha esposa, como uma flor abrindo passagem na fenda, minha filha nasce.
Como um condor, encontro luz e alimento na carniça.

Pedra v
Esta é a água

Levei o corpo de minha esposa até a cama de Gabriela. Um cadáver encolhido, meio transformado, que tem o tamanho de uma menina. Observei seu rosto de jaguatirica e disse ao vento: "Ainda é o rosto da minha esposa".

O vento me respondeu:

"Sim, mas olha para as mãos dela: duas orelhas de veado."

E olhei, enternecido até as lágrimas, para as mãos de minha filha no corpo da mãe.
Seus pezinhos, seu peito achatado.

Quando escrevo, dou água à morte para aplacar sua sede.
Eu cumpro com o presságio.

Em minha casa repousa um corpo quase convertido em Gabriela. Uma criatura pequena, jovem, com a pele da idade de uma menina.

Ela falará a língua dos animais.
Afugentará o condor.

Quando minha filha renascer, ela abrirá a boca cheia de água e pronunciará: "*Teus olhos viram meu embrião, e no teu livro estavam escritas todas aquelas coisas que mais tarde se formaram*".

Este é o livro.
Esta é a água.

Pedra VI
O despertar

Quando enterrei Gabriela, pedi a Deus que guardasse seu espírito dentro do corpo dela como uma cotovia. Desde então, um adejar antigo tremula ou vibra em seu peito.

Na cama há um cadáver de noventa centímetros de altura. Os cabelos finos, pretos como o basalto. As bochechas ígneas. Meu coração treme ao ver aquele peito subir e descer de maneira quase imperceptível. É a respiração de Gabriela se expandindo na velocidade de um andorinhão: o ar da montanha que entra nela e a amplifica.

O ar da palavra.

Descansei a cabeça dia e noite sobre seu peito de menina morta, até ouvir suas primeiras batidas, bem longe, como o som de um tambor de ventre. Escovei os cabelos dela com o pente da mãe. Lixei suas unhas ainda feias, ainda azuis. Coloquei nela o vestido branco em que minha esposa enterrava o rosto para chorar. Acariciei suas pernas de potra recém-nascida. Lavei seus pés, os genitais, as axilas, o pescoço. Beijei sua pele rígida e infantil com toda a paixão que um pai nutre e observei, comovido, o rosto ovalado de minha esposa se desvanecendo para dar lugar a outro redondo, com cílios densos e lábios finos.

Vi um crânio encolhendo ao lado de cada falange, cada omoplata, cada costela. Vi cicatrizes desaparecendo na paisagem pura e sem dor de Gabriela.

Deito-me ao lado dela. Seu exterior fede, mas por dentro ela respira e bombeia sangue para que eu durma tranquilamente. "Acorda, pequenina", lhe digo com o verbo que é como a água e molha as pedras. "Vamos cavalgar juntos até o vulcão, vamos subi-lo e conhecerás a verdadeira altura das nuvens."

Suas pálpebras tremem. Se abrem.

Com os últimos raios de sol, vejo a grandeza de seus olhos de vicunha devolvendo-me o olhar. Uma de suas pupilas se fixa em mim, mas a outra cai para a esquerda e se esconde dentro do crânio.

O sol se apaga.

De sua mão aberta, dispara freneticamente um beija-flor azul.

Pedra VII
A promessa

"Vamos cavalgar juntos até o vulcão, vamos subi-lo e conhecerás a verdadeira altura das nuvens", disse a Gabriela renascida enquanto lhe fazia uma trança. O páramo estava quieto e luminoso. Ao longe, a terra tremia. Um índio cruzou as imediações montado num cavalo colorido e nos olhou com horror.

Eu sorri ao vento.

"Não tenho medo no alto páramo, mas vou temer", disse a Gabriela, e limpei a saliva que encharcava seu pescoço.

O beija-flor azul voa muito perto dela, num bater de asas inesgotável. A cada três horas ele enfia o bico no centro do peito como se estivesse se alimentando de seu coração. Gabriela mal se mexe. Seu pulso é arrítmico; sua respiração, entrecortada. Seus olhos muitas vezes se perdem na planície e dentro de sua cabeça. Então um olhar branco e lunar como as pedras de seu túmulo é talhado em seu rosto: um olhar que me mostra a verdadeira profundidade do mundo de baixo.

O *Uku Pacha*, o lugar de onde arranquei sua sombra.

Minha filha não fala. Seu queixo cai aberto quando eu a tiro da casa em que lhe dei o ar. O cheiro de sua carne é forte, mas fortes são as gramíneas e as marcas que as antas deixam sobre a terra. Forte é o amor de um pai que a cobre do frio de sua própria morte. "Gabriela, teu *taita* e tua *mama* te engendraram de novo", eu digo, acariciando suas costas arroxeadas. "Te recordas o quanto gostas de flores, das minhas mãos, do milho, da névoa? Te lembras de que franzes o nariz quando eu te chamo de tesouro, alecrim, estrela?"

Sua boca se abre para deixar sair um pouco de saliva alaranjada.

"Enchi a casa de flores. Eu te entrego minhas mãos, o milho, a névoa. Eles são para ti, minha *Hanan Pacha*."

Quando a levanto nos braços, volto à primeira vez que a segurei. A coisa mais linda e frágil deste mundo, pensei, um ovo de beija-flor que clamava por meu calor.

E eu o chamei de Gabriela.

Gabriela dentes de pedra branca.

Gabriela cabelo de estrela.

Eu a nomeei, e seu nome me cobriu com as cinzas e a fome dos falcões. "Não é normal um pai sobreviver à filha", digo ao vento e observo-a tentar caminhar em minha direção, mas cambaleia e cai de costas como quando tinha três anos. A mãe dela a teria levantado, mas deixo que Gabriela encontre o caminho de volta para si mesma.

Ponho a sela no cavalo, penduro uma mochila com água e provisões no ombro direito. "Vamos fazer uma viagem juntos, alecrim. Uma viagem ao vulcão." Penduro um saco cheio de pedras brancas no ombro esquerdo.

Uma pena preta cai sobre minha cabeça.

Pedra VIII
O lobo e o páramo

Cavalgamos escarpa adentro com o sol se escondendo atrás da montanha. Vimos cabritos, lebres, vacas, cordeiros, até que a terra deixou de ser verde e a areia cobriu muito espaço, e só houve silêncio depois das espeltas florescidas.

Serpentes de uma única cor emergiram das rochas espalhadas pelo chão. Eu parecia ver uma sem olhos se erguer como uma cobra a poucos metros de distância. Perguntei Gabriela se ela já tinha visto um animal sem olhos, mas ela não respondeu. Acima de sua cabeça, o beija-flor tremulava incansável como o pensamento. Senti o peso de minha filha encostada em minhas costas e o bater das asas de seu peito. Peguei suas mãos azuis, segurei seus braços lânguidos em volta de minha cintura. "Filhinha, não caias", eu disse. E ela não me respondeu.

Antes, a pele de Gabriela era limpa e macia como a de um pássaro. Agora está seca como um ninho vazio.

"Ela vai aprender a falar e andar", sussurrei para o ar vindo da montanha. "Sei disso, porque arranquei a sombra dela do subsolo."

Esta escritura é um conjuro.

O páramo nos encontrou sozinhos, e sozinho o encontramos. À medida que entrávamos em seu terreno, as gramíneas se multiplicaram e o vento ficou mais forte, levantando a poeira. Semienterrados vimos crânios, vértebras e fêmures: esqueletos de alpacas, falcões, veados, lobos, gambás e carcarás povoaram nosso caminho. O cavalo se esquivava deles, mas às vezes pisava num osso e seus músculos se encolhiam até as profundezas do sol.

"Um cavalo nunca pisa num morto", lembrei a Gabriela.

Perto do vulcão, os esqueletos aumentaram e a areia escureceu como a noite. O sol se apagou, mas a lua e as estrelas iluminaram o caminho claramente. Acariciei a crina do cavalo e cantarolei uma velha canção para fazê-lo ignorar o cheiro das cinzas. Olhei para o céu.

Descansei da visão óssea da terra.

Os esqueletos se rompiam sob os cascos e o som trouxe consigo uma dor próxima que me fez apertar as mãos de minha filha com força. Havia ossos tão grandes quanto a pelve de um homem, e outros tão delicados que, com nosso peso, se transformaram em pó.

Havia crânios de Deus.
Espinhas dorsais que formavam jardins.

A morte esculpe nossos corpos em sua forma essencial e depois nos deixa sozinhos: "Somos esculturas relegadas ao deserto", disse a Gabriela. "Exceto tu, meu alecrim, que foste arrancada de tua própria sombra." O crepitar tensionou minhas costas enquanto minha filha lentamente deixava cair sua saliva.

O vulcão acima parecia um planeta. Começamos a subida e entre as rochas vimos um lobo de olhos brilhantes sorrindo para a noite. Em seu focinho, segurava o pescoço comprido de uma vicunha jovem. Pensei tê-la visto chorando, e o frio da neve penetrou em minha têmpora.

Pedi a Gabriela que não olhasse para o sangue, mas ela não me respondeu.

Pedra IX
Primeiro refúgio

Chegamos ao primeiro refúgio antes do amanhecer. Amarrei o cavalo salpicado com a poeira dos mortos e me sentei com minha filha no colo. Abracei-a com ternura. Dei-lhe meu calor, apesar de ser o único que tremia. O sol se ergueu por trás do vulcão como uma chaga sangrenta até assumir a cor do pistilo das margaridas.

"Alecrim, tu gostavas das margaridas que nunca vão crescer neste páramo", disse a Gabriela enquanto o beija-flor bebia do peito dela.

Uma índia de três tranças abriu o refúgio. Ela mancava de uma perna e seu rosto estava inchado e avermelhado.

"É muito cedo", me disse, examinando minha filha.

"Antes cedo que tarde", respondi.

Ela olhou para nós desconfiada e retirou os cadeados das grades da porta da frente. Vinha com ela um cachorro sarnento. Um cachorro pequeno e preto que lhe lambia os calcanhares. Gabriela entrou no refúgio dando seus primeiros passos cambaleantes. Segurei seu braço e disse para mim mesmo: é a força do vulcão entrando nela. A força do vulcão e a geologia de meu amor.

Sobre uma mesa larga, descansei o saco com as pedras de sua tumba. Escrevo: Homens e mulheres chegam. Homens e mulheres com cabelos escuros e dentes estragados. Um velho arrasta um pedaço gigante de gelo pelo lugar até o balcão. Gelo fresco do vulcão. Gelo para as bebidas que nos protegem. As pessoas tornam o espaço menor. Seus rostos são vermelhos. Suas mãos, calejadas. Carregam sacos de batatas e milho que deixam no chão junto aos pés. Bebem, falam, riem alto. O vento é ouvido sobre o telhado e nos vidros das janelas.

De vez em quando, a pupila de Gabriela espreita para fora de seu buraco, mas quase sempre seus olhos são duas luas que não me correspondem.

"Filhinha, o que é isso que vês no teu interior?", pergunto em voz muito baixa.

Sua mandíbula se abre e um fio de saliva empesteada cai sobre a mesa.

Olho por cima dos ombros. Vários índios pararam de falar uns com os outros e nos observam com expressões grosseiras e rugas do tamanho de cicatrizes.

O beija-flor azul voa em círculos. Do balcão, a mulher das três tranças caminha em nossa direção com o cachorro seguindo seus passos. Em silêncio total, ela põe diante de mim um punhado de folhas de coca.

"Para o senhor e sua bebê", ela me diz, mas continuo escrevendo sobre as pedras.

Escrevo: Ela vai aprender a andar e falar como antes. Eu sou o pai e o xamã. Sopro dentro de sua boca. O sopro da vida selvagem. Vou ensiná-la a calçar os sapatos. Vou ensiná-la a agradecer a erva.

Escrevo: Fala, meu tesouro, meu céu, minha vida. Fala, minha *Hanan Pacha*.

De sua boca aberta caem cinco dentes que saltam como dados no chão.

"Este é teu destino", o vento me diz.

Sua saliva é um rio gelado
que não tem peixes.

Pedra x
A paixão

Pedra branca.
Pedra amarga.
Minhas pálpebras doem. Nas madrugadas, aperto a mandíbula e faço os dentes rangerem. Cuspo sangue quando o sol nasce. Meu corpo dói. Eu sei o que isso significa, mas não gosto de escrevê-lo.

Pedra branca.
Pedra amarga.
Gabriela não pronuncia o verbo que enfio em sua boca, mal se mexe na água de minhas palavras. Parece uma folha seca flutuando no lago e eu sou uma criança desajeitada que a confunde com uma visão: uma folha verde, uma árvore, uma semente. Mas no páramo há poucas árvores e a vida é como uma pedra golpeando outra pedra.
Pedra branca.
Pedra amarga.
A pele de minha filha tem a cor turva das cinzas. Não é a pele que eu amo. Não é a pele que beijo em sonhos e recordo como um campo amarelo de borboletas. Às vezes, canto para ela num ritmo inventado para que sua cartilagem desperte: "Tu não sabes, mas os vulcões são os minadouros da terra".
Ela teria sorrido para mim antes. Em vez disso, agora ela solta os dentes ao longo do caminho.
Pedra branca.
Pedra amarga.
Subimos a cavalo, contemplando a paisagem de rochas negras. À tarde, o vulcão perfurou o céu como uma lança terrestre: uma arma que feria sem medo o mundo de cima. Lá embaixo, o sol ardia e o ar se transformava em gelo nos pulmões. Cantei, cansado:
"Alecrim, tu não sabes, mas estamos subindo até a origem da lágrima."
O oxigênio começou a nos faltar logo depois. Gabriela descansava em minhas costas, mas meu corpo se tornou frágil como vidro. A terra era pedregosa e, toda vez que o caminho se tornava mais íngreme, o cavalo resvalava alguns metros para baixo. Nós o abandonamos, exausto e com os cascos feridos, em algum lugar ao longo do trajeto.

Nas costas, carreguei minha garotinha e o saco de pedras brancas onde conjuro seu pulso. "Tuas palavras não têm paixão suficiente para ressuscitá-la", o vento gelado do vulcão me disse, mas meu trabalho é tirar palavras vivas da natureza.

Pedra branca.
Pedra amarga.

O páramo é o coração da pedra. Suas criaturas conservam sob a pelagem todo o prazer e toda a dor que há neste mundo. Escrevo: Um veado dá à luz um veadinho e descobre a bondade. Ele descobre o significado de sua biologia, o desejo de proteger o que é impossível de proteger: o vulnerável. Então ele vai para a vida acompanhado, e os dias são azuis e as noites são brancas. Mas um lobo aparece e o veado deixa cair seu leite sobre a terra seca. Ele sente, pela primeira vez, o desgarre. Brama na bruma. Come sem que haja alimento para saciar sua fome. A grama é a mesma, mas seu corpo ficará fraco para sempre e descansará na poeira.

Eu entendo a linguagem dos animais, entendo o pranto deles: sou um xamã. E um homem pequeno diante das constelações.

Pedra branca.
Pedra amarga.

Carreguei Gabriela e subi a escarpa para mostrar a ela a altura do céu. A pouca distância, vi o mesmo lobo que caçou a vicunha nos seguindo com o focinho ensanguentado. Sua presença turvou minha mente e, de repente, vi granizo, lava, coxas, escorpiões. Vi crianças com rostos derretidos e minha mão esculpindo uma súplica no fundo de uma caverna.

Pedra branca.
Pedra amarga.

O lobo nos seguiu até a língua da geleira, e ainda com mais ímpeto sobre a neve. Seus olhos são grandes e escuros como a carne de noite. Quando olho para eles, temo por Gabriela, pego suas mãos e as beijo com meus lábios rachados e sangrando.

Eu digo: "Alecrim. Estrela. Tesouro".

Minha filha não bebe das palavras que eu lhe entrego. Minha filha não sabe mais beber.

Pedra branca.
Pedra amarga.

Só há uma verdade que mana das rachaduras: escrever é estar perto de Deus, mas também do que afunda. Há apenas uma verdade que brota do fundo do gelo: a escritura e o sagrado se encontram na sede.

Em cada pedra há revelações que não pedi: fósseis entre os campos, unhas e cabelos entre as flores. "Tu não sabes, mas os vulcões são os minadouros da terra e eu estou te levando para a origem da lágrima", digo ao beija-flor que sobrevoa o crânio de Gabriela.

Pedra branca.
Pedra amarga.

De minhas costas, pende enforcado o universo.

Pedra XI
Segundo refúgio

Quando chegamos ao segundo refúgio, a neblina entrou conosco. No salão, uma dúzia de homens e mulheres se abraçavam, se beijavam, deitavam-se sobre as mesas com as bochechas vermelhas e as pupilas abertas. Eles riam com plenitude. Um homem calvo estava tocando uma quena de osso, e as pessoas dançavam ao seu redor em círculos. Apalpavam os quadris dos companheiros e também o ar. Saltavam, ofegavam, repetiam palavras com os braços estendidos e os olhos fechados. Tinham os cabelos colados à nuca e à testa. Suspiravam. Bebiam São Pedro em grandes jarros. Molhavam o peito.

Fazia calor, e uma luz fraca banhava os pés descalços que golpeavam o chão. Gabriela e eu nos sentamos longe da febre. Apoiei os cotovelos sobre a mesa e minha respiração gradualmente se acalmou, descansando do peso e do mal da altitude. A dela, por outro lado, se manteve estertorosa.

O beija-flor voava desajeitadamente sobre nossos ombros.

"Não é certo escalar o vulcão tão rápido: um vulcão deve ser escalado devagar", eu disse a Gabriela. "Mas temo os passos do lobo e seu cheiro de veneno."

A quena tangia uma música do mundo de baixo que enfeitiçava os tímpanos. Um som de esqueleto de pássaro, uma possessão. À nossa frente, os corpos dançavam alegres e divididos: da cintura para cima flutuavam no ar, da cintura para baixo se fundiam à terra. Chorando de alegria, uma mulher levantou os braços e disse:

"Vamos aprender a chorar! Chorar é lindo. Chorar é dar de beber à pedra, dar de beber ao deserto."

Olhei para Gabriela. Sua pele violácea e seus olhos lunares me lembraram do verdadeiro aspecto de minha filha: a aparência que eu não trouxe de volta, a voz que só ouço na memória.

Um lobo se move rápido na neve, mas lenta é a geleira que se derrete. Lenta a lava e seus deslizamentos. Lento é o dia. Lenta é a noite. Lentos os raios e o cheiro de morte que permeia tudo para lembrar aos vivos: "Arrancarei tua sombra do fundo da montanha e do sol".

Não há alimento para um lobo a essa altura, apenas nós.

A porta do refúgio se abriu e um índio de poncho cinza se deteve na soleira. Os corpos continuaram sua dança, indiferentes, enquanto ele fechava a porta atrás de si. Tirou os sapatos, cumprimentou uma senhora robusta ao longe. A luz era tão leve que a princípio não reconheci seu rosto, então ele se acercou encurvado, rígido, e vi em sua pele as marcas de todos os mortos.

A quena silvou mais alto. Peguei Gabriela e a colei a meu peito.

"É difícil seguir os passos de um homem que sofre", disse ele, sentando-se conosco como se os membros lhe pesassem demais. Seus olhos eram carne de noite. Sua boca, um focinho manchado de sangue seco de vicunha jovem. "Pedro, venho te dizer o importante", disse, apontando o dedo calejado para mim. "Não és um xamã, mas um homem. E não existem palavras neste mundo com paixão suficiente para ressuscitar um morto."

Dei um golpe estrondoso na mesa. Um pouco afastados, os corpos dançavam ao ritmo do canto dos pássaros do subsolo. Um lobo conhece os caminhos, conhece o cheiro do medo. Reúne sua manada e procura o desviante, o torto. Pede-lhe que volte aos seus sentidos, que volte à vida. Um homem que é um lobo reconhece outro homem que é um lobo.

"Não a salvaste, então vai embora", respondi com todo o rancor que levava dentro de mim.

Na bochecha esquerda dele, vi a morte de minha filha. Na direita, a de minha esposa.

Ele aproximou seu assento e eu o deixei examinar minha estrela como antes, quando suas mãos possuíam o poder limpo da cura. Deixei-o descansar o ouvido no peito amado. Deixei-o apalpar as costelas dela. Ele escutou o leve bater de asas do beija-flor bombeando ar puro, ar de montanha, no interior de um coração. Assim fiz antes e implorei para que ele a salvasse. Os índios não queriam, mas ele pôs plantas e unguentos sobre o corpo de Gabriela. "Não és um xamã, mas um homem", ele me disse quando a febre não cedeu. "Estejas preparado para o que o vento trouxer."

No refúgio, ele explorou minha filha com a mesma intensidade. Seus dedos se moveram pelo pescoço lívido da renascida Gabriela. Deu batidinhas em seu ventre inchado. Nadou no espaço branco de seus olhos, branco como pedras sepulcrais, e me disse:

"Há retornos mais tristes do que desaparecimentos."

Minhas mãos tremeram. Por um momento, minha filha virou a cabeça e eu pensei que ela iria me chamar de papito, que iria me abraçar, que iria me beijar na testa. Mas de sua boca caiu o último molar e eu vi, bem dentro dela, um precipício: uma língua recolhida em si mesma, pálida, como um monólito em Marte. E tive vontade de chorar.

"Os vulcões são os minadouros da terra!", gritou a mulher que molhava o chão com suas lágrimas alegres.

A tristeza que um corpo é capaz de suportar é inesgotável.

            Gabriela: desde tua morte eu afasto
               o olhar de qualquer rebento.

Pedra XII
O topo

O lugar é a escuridão. O sol da tarde morrendo explode com uma violência primitiva sobre minha cabeça. Estou cansado, minhas pernas tremem. Subo a geleira com minha filha pendurada num pano nas costas. Subo e luto contra a escarpa, o gelo e a solidão. Não há neblina nessa cimeira. O céu clareou e à minha frente está uma tundra branca brilhante que reflete a luz minguante.

Vejo dunas de neve. Picos de gelo congelado.

O vento da geleira é cortante e me obriga a ir devagar. A seis mil metros de altitude, o ar entra no corpo em goladas curtas. Os pulmões murcham. Sinto uma pontada no centro da testa e abraço o saco com as pedras da tumba de minha filha.

Ponho um pé na frente do outro. Afundo, mas emerjo.

Não é normal que um pai sobreviva à filha, que as flores brotem, que as alpacas comam juntas na grama e que a água seja fresca e chegue aos rios e lagoas. Não é normal que a vida continue depois da dor, do envelhecimento súbito de meus ossos diante da integridade das coisas.

A vida é jovem e eu estou fora dela.

Lá embaixo está a vegetação do páramo andino. Um mar de nuvens brancas se confunde com a neve e se estende até o horizonte.

"Estamos no céu, minha *Hanan Pacha*."

Sento Gabriela no gelo e sento-me ao lado dela. Descansamos em silêncio na cúpula do vulcão. Há um falso oceano que nos ilumina e o sol cai, cai no mundo de baixo que está oculto e oscila.

O lugar do luto é a noite.

"Alecrim", digo quase num sussurro, meus lábios trêmulos e despojados de paixão.

Pensei que sua alma estaria escondida numa dessas pedras. Limpei-as e escrevi palavras que atravessaram o vazio mineral, mas a beleza continua e o vazio cresce. O vento se levanta.

Pego a diminuta mão de Gabriela e digo:

"Eu queria te ver crescer. Imaginei que crescias. Tinhas cabelos compridos até os calcanhares, lustrosos. Eras linda como tua mãe. Te imaginei correndo com pernas fortes, acariciando as ovelhas, falando sobre os cavalos que montavas sem medo nenhum."

Sua mão é uma libélula adormecida na água. Frágil, faz com que a minha pareça um pântano.

"Não poderá ser, me perdoa", sussurro para ela, chorando sobre a neve.

O beija-flor azul, com seu esvoaçar doentio, desce até a mão de Gabriela e pousa sobre ela. Olho para minha filha com a profundidade de meu desassossego. Ao meu redor, o mundo se mostra amplo e bonito, comovente e agressivo. Estou sozinho nessa imensidão. Sozinho e desprotegido.

"Não vai poder ser."

Olho para ela com ternura irredutível. Gabriela me ensinou essa ternura, mas é uma emoção da qual eu já não preciso. Ouço o vento assobiar, o gelo ranger, parece-me que a terra treme quando, na realidade, sou eu que estremeço. Não me servem nem o amor nem a beleza. Descubro, pela primeira vez, a única coisa que a palavra faz sobre a brancura dessas pedras: plantar uma semente de árvore na lua. Uma semente de árvore destinada à sede.

"Me perdoa."

Gabriela não me devolve o olhar, mas há uma semente de árvore em seus olhos lunares. Beijo sua testa. Escrevo: Delicadamente ela fecha a mão em torno do beija-flor e cai, inerte, sobre a neve.

E Gabriela desaba como um corpo morto.

Agradecimentos

Este livro não poderia ter sido sem o apoio de Alejandro Morellón, que me acompanhou com amor e paciência durante o processo. Obrigada, Álex, por ler meus contos mais de uma vez apenas para me provar que eles tinham mérito.

Obrigada também a Manuela, Ricardo, Oliver e Michelle, minha segunda família deste lado do oceano, mas, acima de tudo, obrigada à minha primeira e maior família: Mónica, Pablo e Paula. Eu os amo e sinto falta de vocês todos os dias.

Agradeço profundamente a Juan Casamayor por acreditar em minha escrita. A Juan F. Rivero, Lidia Hurtado, Guillermo Morán, Daniel Montoya, Claudia Bernaldo de Quirós e Matías Candeira, por terem me dado suas impressões, sem as quais este livro seria diferente. A Ingrid, Mene, Camila, Ana Rocío, Leonor, Carlos, Leira, Malena, Anggie, Evelyn e Gio, pelas danças e a amizade infinita.

Por fim, agradeço a todos ativistas antirracistas que com sua luta continuam me ensinando até hoje o quanto é importante que os CIEs sejam fechados e que as fronteiras sejam abertas. Para eles também vai este livro de arrebatamento pelas paisagens e mitos andinos, essa busca de ampliar minha geografia sentimental dos manguezais aos vulcões.

Este livro foi composto com tipografia Adobe Garamond Pro e
impresso em papel Off-White 80 g/m² na Formato Artes Gráficas.